LES VÉRITABLES RESPONSABILITÉS

Lb 57 5465 A

PARIS, — IMPRIMERIE DE E. DONNAUD, RUE CASSETTE, 9.

LES VÉRITABLES RESPONSABILITÉS

OU

LETTRES D'UN BON FRANÇAIS A UN ANARCHISTE DÉGUISÉ

PARIS
LIBRAIRIE FÉCHOZ
5, RUE DES SAINTS-PÈRES, 5
1876

L^{57}_{b}
465
A

LES

VÉRITABLES RESPONSABILITÉS

OU

LETTRES

D'UN BON FRANÇAIS

A UN ANARCHISTE DÉGUISÉ

BIBLIOTHÈQUE NATIONALE
R.F.
IMPRIMÉS.

NOUVELLE ÉDITION

3901

PARIS
J. FÉCHOZ, LIBRAIRE ÉDITEUR
5, RUE DES SAINTS-PÈRES, 5.

1876.

AVERTISSEMENT.

Il y a deux manières de répondre à un pamphlet (1) : la première, la plus simple et la meilleure, quand on le peut, qui consiste à opposer le mépris sans explication et sans phrases ; la seconde, celle qui s'adresse aux époques de confusion et de trouble profond dans les esprits, et qui consiste à enseigner ce que chacun devrait savoir, à répéter ce qui a été mille fois enseigné ; tâche ingrate pour celui qui s'y dévoue, mais dont l'utilité ne s'est jamais autant fait sentir qu'au temps actuel !...

Le 4 novembre 1875.

(1) Les Responsabilités. Lettres d'un Gentilhomme de Province à Mgr le comte de Chambord.
Paris, Dentu, libraire-éditeur, au Palais-Royal.

LES

VÉRITABLES RESPONSABILITÉS

PREMIÈRE LETTRE

DES DEVOIRS DU PARTI LÉGITIMISTE

DANS LA SITUATION PRÉSENTE.

Vous commencez dignement, illustre gentilhomme, et votre titre mérite bien d'être le frontispice de l'œuvre que vous avez élevée. On chercherait mille ans qu'on ne trouverait pas, pour désigner la part de chacun dans ce qui s'est fait, un mot plus heureux dans votre bouche que le mot de « responsabilités ». Voici une maison condamnée au désordre par l'absence du père de famille que des gens malintentionnés empêchent de rentrer chez lui. Qui donc est responsable du désordre de cette maison? Est-ce le père de famille absent forcément? Sont-ce, au contraire, ceux qui barrent le chemin au père de famille? Je croyais que c'étaient ces derniers. Vous m'apprenez qu'il faut être d'un avis contraire. A défaut d'autre mérite je garantis, du moins, à vos considérations l'originalité. Aussi, vous remercierai-je de m'avoir évité la recherche d'un titre, et de l'avoir vous-même placé au bout de ma plume. Ne voulant pas être en reste avec vous, je promets même de vous suivre, pas à pas, dans tous vos détours, afin que rien n'échappe à la lumière (1). Vraiment ! vous ne m'aurez laissé qu'une médiocre besogne : celle d'exprimer, avec vos mêmes termes, des idées entièrement différentes. Vous le verrez, dès l'en-tête de ma brochure, au développement que je donnerai à ma pensée. Car après ces mots : les *Véritables responsabilités*, pour qu'il n'y ait aucune espèce d'ambiguïté possible, j'ajouterai : *Lettres d'un bon Français à un anarchiste*, c'est-à-dire d'un Français qui demande la reconstitution de la France à un Français qui en appelle la dissolution progressive, d'un Français qui veut l'application du vieux droit à un Français qui en veut la destruction, d'un Français qui aspire aux jours où la France grandissait et dominait, à un Français préférant pour son pays les changements perpétuels et le sort de la Pologne, d'un Français qui envie les bienfaits d'un gouvernement libre et réparateur comme la Restauration, à un Français qui désire ou le retour du gouvernement des trois occupations du territoire national, ou le retour d'une anarchie encore plus intellectuelle que morale avec la Monarchie bâtarde et la République plus ou moins conservatrice qui lui ressemble, ou le retour d'une anarchie furibonde, conséquence d'une anarchie douce, ou le terme inévitable de ce cycle de turpitudes et d'aventures avec l'éperon de César qui reparaît pour jouir et déshonorer (2).

C'est là qu'il convient de triompher, grands libéraux, c'est-à-dire irréconciliables ennemis de la liberté, et de monter au Capitole. Quand vous serez penchés sous la verge que vous aurez vous-même forgée, aurez-vous encore l'audace

(1) J'ai adopté les titres des lettres et subdivisions de lettres du gentilhomme. S'il ouvre mon livre, il se croira d'abord chez lui, mais quel désenchantement ! J'ai cru qu'une réponse calquée sur l'attaque, autant qu'on peut calquer sa pensée sur celle d'un autre, serait saisissante.

(2) Tel est, en effet, le terme auquel aboutit fatalement la riche variété des gouvernements anarchiques.

de vous plaindre des châtiments encourus par votre excès d'impudence ? A la place de l'autorité naturelle du père de famille, vous vous serez complu dans des tâtonnements, sans autre raison d'être que votre amour-propre, sans autre fin que les innombrables modes de fantaisie du désordre. Si vous vous désolez alors, si vous vous repentez amèrement, qui donc vous plaindra ?

Ce n'est pas assez que les « trois glorieuses » (1) aient changé notre situation extérieure ; qu'au pinacle de l'Europe le 20 juillet, la France ait cessé d'être une grande puissance le 30 juillet de cette même fatale année 1830 ; qu'après dix-huit ans de repos sans honneur et de prospérité matérielle sans dignité, elle ait été d'abord traitée aux journées de Juin, sous la République, avec ce sans-façon et cette rudesse impitoyable dont la marâtre a le secret; que toute meurtrie et épouvantée par cette horrible mère, elle se soit jetée, à corps perdu, dans les liens où César la gorgea de plaisirs et l'avilit; qu'au sortir des délices de Capoue elle ait trouvé les hontes de Sedan suivies elles-mêmes des saturnales de Septembre et de la Commune, revenue des rêves qu'on lui préconisait, et dans lesquels l'expérience ne lui permettait plus d'apercevoir que d'odieux cauchemars, elle commençait à tourner ses yeux vers de nouveaux horizons, et à saluer le gouvernement des siècles et de l'histoire. Seul genre d'émancipation qui lui soit interdit ! Il faut que les ambitieux la prennent et la rejettent en arrière toute mutilée, pour la continuation égoïste et indéfinie de leur cruel jeu. Il faut que toute palpitante ils la soumettent aux mêmes expériences et aux mêmes essais. Il faut qu'à demi morte ils la fassent passer par les mêmes épreuves. Qu'ils gouvernent et prospèrent, et saignés de nouveaux milliards, appauvris de nouvelles provinces, vous êtes impardonnables, Français, de méconnaître que tout va bien.

Ces menaces de l'avenir que le parti légitimiste ne cesse d'avoir devant les yeux, et que l'étude de l'histoire lui montre inséparables des régimes d'aventures sont, aussi, la raison

(1) On appela ainsi les 27, 28, 29 juillet 1830.

d'être du rôle adopté par lui et de l'abstention qu'on lui reproche. Comme vous le dites excellemment, Monsieur, « la France ne repasserait plus, sans y risquer son existence, » à travers les épreuves qu'elle a déjà subies. » Que vous étonnez-vous maintenant ! Vous venez de donner une raison, et la plus impérieuse, pour qu'à tout prix, la France évite de parcourir, à nouveau, son uniforme échelle de démences et, pour, qu'enfin, elle adopte le gouvernement qui, seul, en est distinct et, seul, ne les entraîne pas.

Veut-on au contraire que le parti légitimiste se fasse le complice de ce qui est bien plus encore la destruction et le démembrement de la patrie que la négation de ce qu'il aime et révère ? Veut-on qu'il se fasse républicain pour aboutir demain à la démagogie, et, après-demain, au césarisme ? Veut-on qu'il emboîte le pas derrière les ambitieux ou les insensés dont tout le mérite consiste à restaurer les mêmes utopies, et à hanter, sans découragement, les mêmes abîmes ? Sur ce pied-là, sans doute, il ne voudra jamais rien constituer; car constituer dans de telles conditions, c'est détruire; constituer dans de telles conditions, c'est bâtir une cabane de chaume destinée à disparaître au moindre incendie; c'est doubler la hauteur de la barrière entre le sauveur et ceux qui agonisent loin de lui.

Que le péril extérieur sonne ; qu'il s'agisse de réparer les fautes d'un gouvernement sans habileté et sans alliances parce qu'il est forcément sans dignité ; qu'il soit question de combattre l'ennemi à la frontière ou de repousser l'invasion de notre sol. Que le désordre croissant dans les esprits amène une perturbation encore plus grave à l'intérieur ; qu'il s'agisse de vaincre dans la démagogie armée les ennemis de tout état social déchaînés par les sophismes de rhéteurs ou faibles ou criminels et souvent les deux : qu'un de ces fléaux, dont je prie le Ciel de détourner le désastre, s'abatte sur nous, on verra si le parti légitimiste marchande son sang et ses fatigues, et si, sans espérance de grades et de traitements, sans visée de places et d'avancements, il ne se lève pas tout entier avec le courage qu'il puise dans l'amour, inséparable à ses yeux, du Roi et de la France.

Mais, que, pour combattre les folies des gouvernements d'aventure, on ne lui demande pas de devenir lui-même aventurier, pour combattre le poison qu'on ne lui demande pas de devenir empoisonneur ! Il se glorifie de n'entendre rien à cette médication-là. A l'heure du péril créé par ses plus mortels ennemis, on le verra debout pour le conjurer. N'est-ce pas assez ? et peut-on exiger raisonnablement qu'il coopère, lui aussi, au péril.

C'est une singulière tactique, en vérité, que de prêcher au parti légitimiste les fautes présentes au nom des fautes passées. A quoi servira l'expérience si de premières erreurs suivies de premiers désastres ne servent à rien ! Parce qu'il a eu le tort de voter la constitution de 1848 (1), s'ensuit-il qu'il doive approuver celle du 25 février 1875? Vous déclarez celle-ci meilleure que celle-là. Peut-être ! et ce n'est pas un fameux éloge.

Je me garderai bien de médire de la constitution désormais inviolable et infaillible du 25 février ; mais j'entends dire, de toutes parts, que, grâce au droit de révision déposé dans son berceau, c'est un enfant maladif dont chaque parti se promet de rectifier l'organisme, de modifier les traits et d'altérer le tempérament. Que penser d'un gouvernement livré ainsi, par sa nature même, à toutes les disputes, à toutes les interprétations, et, que penser, surtout, de ceux qui voient dans ce gouvernement le régime idéal d'une époque de supériorité intellectuelle et de progrès. L'ignorance politique du moyen âge était une merveille d'organisation à côté de ce que nous propose la science politique moderne.

On compare l'abstention à une émigration intérieure ! Une véritable émigration serait actuellement la désertion des principes qui font le parti légitimiste, et, après avoir édifié la France, sont encore aujourd'hui sa meilleure espérance. Il me semble, d'ailleurs, que ce n'est ni une abstention, ni le fait d'une émigration intérieure, ni une

(1) Il ne faudrait pas faire l'éloge de ce qui a été organisé en 1848, On doit à cette organisation l'Empire.

renonciation au rôle de parti d'action de protester, sans trêve comme sans merci, contre des doctrines funestes, d'en montrer de bienfaisantes, et, par la comparaison du salut qu'ont apporté les premières, de la perte du pays qu'ont amenée les secondes, d'avertir la faiblesse et de prévenir les défaillances.

J'admets, bien qu'il me répugne de comparer les choses même les plus augustes ici-bas avec les choses divines, j'admets la comparaison de la France avec le pauvre blessé, de la sœur qu'il repoussait à cause de son Dieu avec la Monarchie qu'elle dédaigne. Mais si cette sœur était tenue, de par la prudence la plus vulgaire, à de nombreux ménagements, si elle était contrainte de cacher sa croix, aurait-elle été utile au malade, si, pour lui complaire, au lieu de lui proposer, avec adresse, l'exemple et les paroles du divin consolateur, elle lui avait vanté les erreurs philosophiques et religieuses où se complaisait son délire. Or, on ne se contente pas de cacher à la France malade le principe politique seul capable de nous sauver. On l'attaque chaque jour, ce principe, on le ruine par tous les moyens, on le discrédite de toutes manières, par la parole et par la Presse, par les pamphlets et par les calomnies ; et vous en savez quelque chose, illustre gentilhomme.

Pouvez-vous ignorer, même, que cette impopularité que vous nous opposez, et dont vous triomphez constamment est, aux trois quarts, votre œuvre. Je voudrais bien qu'on me citât un parti politique capable de résister à des accusations telles que celles-ci quotidiennement répétées :

« Henri V est le représentant des abus et de l'ancien » régime ; Henri V veut la destruction de toutes les » libertés, de tous les droits nouveaux. C'est si vrai, qu'il » commence par ne vouloir abandonner, à aucun prix, le » drapeau emblème de la servitude, dont les personnes qui » l'entourent sont universellement connues pour désirer et » conseiller le retour !......» Autant de mots dans cette phrase, autant d'audacieuses et grossières calomnies ; mais qu'importe ! Voilà ou à peu près le sens de ce que l'auteur de la brochure que je réfute et les amis de l'auteur, et ceux beaucoup trop nombreux qui parlent comme l'auteur et ses amis, répètent chaque jour, avec cette aggravation de torts qu'eux, les lettrés ou demi-lettrés, savent à merveille à quoi s'en tenir sur la véracité de leurs allégations.

Vous vantez beaucoup la Constitution qui nous régit, et vous n'y regrettez qu'un vide : celui de la Royauté. Mais, si ce vide est l'abîme où doit s'engloutir tout le reste, à quoi bon les magnificences élevées à droite et à gauche ? Il me semble encore voir un palais qui ne pèche que par le defaut de fondations. Un coup de vent un peu fort, et l'on pourra juger de la valeur de ce qui manque.

Selon vous, nous ne devons jamais nous séparer du parti conservateur libéral. Ces deux derniers mots exigent une explication selon laquelle vous serez digne d'éloge ou de méfiance. Si, par conservateur, vous entendez le partisan du maintien des lois fondamentales de l'État français, nous sommes forcément avec vous ; mais si vous appelez conservateur l'homme égoïste, craintif et sans portée qui se borne à vouloir conserver ce qu'il possède plus ou moins légitimement, les républicains de la veille, les républicains vrais, propriétaires et rentiers, de par le débit heureux de leurs poisons, sont aussi conservateurs ; et j'avoue que je n'aurais ni goût ni confiance à me trouver du même bord que les Jules Favre et les Gambetta. Quant au mot libéral, ce que je peux supposer de plus aimable pour vous, est que vous ne le comprenez pas. Car si, comme je le fais depuis quelque temps, vous vous étiez donné la peine de suivre, dans l'histoire, les faits et gestes de ceux qui s'intitulent eux-mêmes libéraux, depuis que ce mot a été mis par eux à la mode, vous constateriez que presque toujours ces amants platoniques d'une des plus belles prérogatives de l'homme se sont signalés, en fait, en défendant l'iniquité contre le droit, la servitude leur étant favorable contre la liberté de leurs adversaires, et qu'il n'y a pas de plus implacables ennemis d'une juste indépendance que ceux ne parlant autant d'elle que pour pouvoir mieux la séduire et la terrasser. Je suis donc conservateur des principes fondamentaux de l'État et partisan d'une liberté sage et universelle, parce qu'elle est persistante et vraiment libre, mais je n'oserais jamais me vanter, comme vous le faites, d'être, sans commentaires, conservateur libéral (1).

Sans doute, « nos alliés naturels ne peuvent être, ni dans » le camp des Jacobins, ni dans le camp des Césariens. » Mais ils ne peuvent être davantage dans le camp qui confine et mène au Jacobinisme et au Césarisme.

Je vous admire vraiment avec vos phrases à double entente, parfaitement vraies prises dans un sens, ridicules et fausses dans le sens où, pour les rendre significatives, vous êtes obligé de les détourner. Exemple : Vous dites page 9, troisième alinéa : « Il n'y a de fécond que le sacrifice. » Vous n'avez pas besoin de nous apprendre une vérité, hélas ! trop expérimentée ; mais quel sens mettez-vous sous ces belles paroles ? S'agit-il du sacrifice des croyances ? S'agit-il du sacrifice des préjugés ? Le sacrifice des croyances nous concernerait, et présenterait, à notre avis, de graves dangers. Le sacrifice des préjugés serait, peut-être, votre affaire, et voilà trop longtemps, pour la résurrection de la France, que nous l'attendons.

Après M. Thiers, dont vous avez rejeté les plans et les idées, on ne sait trop pourquoi, y devant revenir et les copier servilement, vous insistez sur la nouvelle nécessité d'un nouvel essai de République. Mais ces essais, aussi nombreux qu'infructueux chez nous, ne sont-ils pas jugés, depuis longtemps, par tous les gens un peu sensés, instruits et de bonne foi ? Leur plus terrible condamnation n'est-elle pas qu'ils n'aient dû, à deux reprises différentes, une certaine durée et une certaine possibilité d'existence qu'à leurs ennemis, et, que le jour immanquable où l'étiquette républicaine amènera à la Chambre de vrais républicains, la

(1) Les libéraux, pour le quart d'heure, ce sont ceux qui repoussent la liberté de l'enseignement supérieur en France, bâillonnent la religion catholique en Allemagne, emprisonnent le Pape à Rome, jettent les curés et les religieuses à la porte de leurs maisons en Suisse, se distinguent, en Espagne, par des incendies et des assassinats dans le royaume carliste, s'acharnent après les catholiques en Belgique. Mensonge, injustice, arbitraire ; tel est le libéralisme !!!

République ne doive sombrer, avec son aisance accoutumée, emportant avec elle une nouvelle portion de la fortune de la France.

Ne vous pressez pas tant, Monsieur, de tresser des couronnes à la République pour ses immenses services, et, surtout, ne vous hâtez pas trop de la féliciter pour une situation qu'elle aurait su se ménager en Europe. Ce serait trop de naïveté ou de rouerie. Voici, je m'en souviendrai toujours, quel était le propos d'un diplomate italien, partant, peu suspect d'idées rétrogrades : « Ou votre République se couvrira de honte par ses saturnales, et alors » comment être l'allié d'un gouvernement qui se déshonore; » ou votre République n'inquiétera aucun intérêt, aucun » droit, et alors elle sera une menace permanente pour les » trônes, c'est-à-dire pour les grandes puissances militaires » de l'Europe. »

Vous êtes, non sans raison, tourmenté par l'hypothèse où « la composition césarienne ou jacobine du Parlement » rendrait la République conservatrice, votre chère République conservatrice impossible; et, pour ce cas, vous annoncez les plus affreux malheurs. Mais qui donc, en refusant la Monarchie à la France, qui donc l'aura forcée à se jeter dans les bras du maître républicain ou impérial, qui donc, en lui interdisant l'autorité légitime, l'aura contrainte à prendre une autorité d'aventure?....... Vous autres, messieurs les royalistes sans le Roi, de même que vous brûliez d'être catholiques sans le Pape, vous, toujours vous !!! . . . .

DEUXIÈME LETTRE

Après ce beau préambule sur les devoirs qui, selon vous, incombent au parti légitimiste dans les circonstances présentes, pensant, cette fois avec fondement, qu'il vous écoutera peut-être moins que son chef, c'est contre lui que vous vous déchaînez. Évidemment, il faut que le Roi ne sache ni ce qu'il veut, ni ce qu'il dit pour être en opposition perpétuelle avec vos désirs et vos paroles ! Qui donc est cause des malheurs passés, présents et futurs de la France? Vous ne vous arrêtez sur les princes d'Orléans, leurs partisans, l'Assemblée, en général, et chaque groupe dont elle se compose, en particulier, que pour les disculper et en faire l'éloge. Il y a un seul coupable, un seul ennemi de son pays ; ce seul coupable, ce seul ennemi est le Roi. Comprenne qui pourra comment la responsabilité des fautes politiques incombe exclusivement au seul homme politique, ne s'étant pas, par le fait d'un exil aussi long qu'immérité et désastreux pour nous, mêlé de la direction de nos affaires ! Comprenne qui pourra comment nos fautes politiques, causées par des erreurs grossières, dont était seule capable la Révolution, soient dues à l'un des seuls princes de nos jours qui n'a pas cessé de repousser la Révolution ! Le principal, ce qui importe, est de s'emporter contre le Roi, et de l'accuser quand même. — Foin de la logique et de la vérité !!! — Pour les fouler aux pieds avec plus d'hypocrisie, et se procurer à la fois les bénéfices de la franchise et du respect, il s'agit de s'armer, en apparence, d'un mâle courage et de prendre le masque d'une sincérité pénible : « Je dois toute la vérité à Monseigneur : Dieu lui donne la » force de l'entendre, et me donne à moi-même, quoi qu'il » m'en coûte, le courage de la lui dire. » Ainsi, on atténuera, autant que possible, l'impertinence des théories par l'obséquiosité du ton. Ainsi, l'on dira, d'un ton patelin, aurant de fois « Monseigneur » qu'il y a de sottises à faire passer ; comme si l'énonciation fréquente du titre de respect équivalait au respect même, supprimait ou même atténuait l'injure !!!

La perfidie de l'auteur perce aussitôt : « Monseigneur, » dit-il, a compromis l'avenir de notre patrie..... Rien » n'est plus facile à démontrer. » Nous l'allons bien voir.

§ 1.

LES PREMIERS MANIFESTES DE MONSEIGNEUR.

Ici, dès la première ligne, nous nous trouvons en face d'un chef-d'œuvre : « Monseigneur avait mis d'abord au » rétablissement de la Monarchie une seule condition » (1). D'abord ! il y a donc eu, ensuite, pluralité de conditions. Et deux lignes plus bas : « cette condition, à ce qu'il paraît, » en sous-entendait d'autres. » Ainsi, voici le Roi convaincu d'excès d'exigence, d'ambiguïté et de mobilité dans ses revendications.

(1) Le Roi n'a jamais mis à l'acceptation de la Royauté qu'une seule condition : le drapeau. En repoussant la Monarchie contractuelle, il ne posait pas lui-même de conditions ; il refusait qu'on lui en posât. A parler vrai, il n'aurait même pas posé de conditions, car le drapeau blanc n'était qu'une conséquence de l'hérédité.

De quoi s'agit-il donc? Quelle est cette unique condition originaire suivie d'autres conditions, problématiques au moins pour nous? l'auteur parle du manifeste de Chambord, en date du 5 juillet 1871. On sait qu'il est relatif au drapeau, et proteste contre l'abandon de l'emblème de l'hérédité dans les temps modernes. Mais, si le maintien de cet emblème est l'unique obstacle à la restauration monarchique, il ne faut pas parler de plusieurs conditions! et, si le Roi maintient toutes ses déclarations antérieures, et ne renie la franchise d'aucune de ses paroles, comme le montrent ses lettres, il ne faut parler ni de changement, ni d'ambiguïté dans son langage!

Il est vrai, illustre gentilhomme, que vous hasardez bien un petit historique de votre façon. Avant le manifeste de Chambord, dites-vous, les Princes d'Orléans se proposaient d'aller saluer Monseigneur. Monseigneur n'était pas encore lié. Il conservait sa liberté d'action, la faculté d'étudier avec ses amis les conditions dans lesquelles s'accomplirait le plus aisément le retour à la Monarchie. Monseigneur bouleverse ce concours d'heureuses circonstances pour satisfaire son désir de se lier d'avance sur la question du drapeau. Présenter ainsi les faits, c'est taire l'un des plus beaux actes du Roi.

Comme je vous crois peu enclin à rapporter ce qui lui est favorable, je vous demanderai la permission de vous suppléer. Convaincu, d'une part, que c'était perdre une partie de sa force, abdiquer une partie de son principe et de sa personnalité que de renoncer au drapeau qui les représentait, il ne voulait pas, d'autre part, en vertu de sa franchise toujours royale, que Monseigneur le Comte de Paris vînt le voir, avant d'être fixé sur ses véritables intentions. En conséquence, aussitôt qu'il apprend le projet de voyage du jeune prince, il lui dépêche l'un de ses fidèles, porteur du fameux manifeste. Que de politiques se seraient contentés du silence, et auraient bénéficié d'une surprise à laquelle, pour tout le monde, ils seraient demeurés étrangers! Le Roi redoute jusqu'à l'apparence de tromperie et de mauvaise foi. A aucun prix, il ne veut que son cousin apporte dans sa visite des espérances susceptibles de se changer en déceptions.

Le manifeste lui-même, sur lequel partisans d'une royauté bâtarde, royalistes égarés même déversèrent à l'envi leur fiel et leur ignorance, n'est pas moins frappé à ce cachet d'admirable et lumineuse sincérité. Il y règne cette hauteur d'âme et de langage à laquelle on ne prend plus garde dans les lettres du Roi, tant il nous y a accoutumés. Que ce manifeste fût aussi remarquable par le fond que par la forme ; qu'il fût conforme à la vérité historique, questions fort embrouillées à force d'avoir été débattues, mais, que nous ne désespérons pas d'éclaircir, quand le gentilhomme daignera nous y inviter.

Pour le moment, il nous suffit d'envisager la déclaration au point de vue de la stupeur générale réelle ou feinte qui la suivit. Cette immense déroute dans laquelle il y avait, il faut en convenir, beaucoup de comédie, prouva que l'heure du Roi n'avait pas sonné. Il y eut deux sortes d'étonnements : les étonnements de la fidélité qu'on ne saurait trop plaindre, les étonnements simulés de ceux animés, au fond, du plus mauvais vouloir, et désirant ou enfermer le Roi dans leurs machinations ou lui enlever ses amis.

Que de vieux royalistes, qui combattaient pour le Roi depuis quarante et un ans, aient frémi, en voyant le nouvel obstacle à la réalisation de leurs vues ; que certains même, comme l'avance l'auteur de la brochure, aient supplié le Roi, par leurs cheveux blancs, de ne pas leur refuser de voir, en l'ajournant, l'accomplissement de leurs vœux les plus chers, c'est là un des plus douloureux spectacles qu'aient pu amener nos bouleversements politiques, et un de ceux qui aient dû serrer le plus un cœur de père. Toutefois, le Roi qui ne doit pas seulement avoir en vue la satisfaction de quelques-uns de ses serviteurs, mais le bonheur et l'utilité du Peuple à la tête duquel la Providence l'a placé, le Roi; dont la force et la puissance doivent tellement s'identifier avec les intérêts du Peuple, qu'elles deviennent la propre force et la propre puissance du Peuple même, le Roi qui ne doit pas seulement considérer l'heure présente mais surtout l'avenir, devait-il aliéner celui-ci pour posséder celle-là ?

Quant à ses ennemis déguisés, n'était-il pas à propos de tenir ce langage aux téméraires, avides de le dépouiller, avant même qu'il ne fût entré en possession de l'héritage de ses aïeux ?

« Vous avez ramené l'hérédité, revenus des fureurs et » des petitesses de la passion révolutionnaire, et vous ne » voulez pas du seul drapeau qui représente actuellement » l'hérédité. Vous avez rejeté au loin toutes les souillures » que la Révolution avait imprimées sur vous, et vous par- » lez de conserver l'enseigne qui les symbolise et les » évoque. Vous n'avez donc rappelé le principe que pour » le désarmer, et le rendre ridicule par son emblème. Vous » ne me présentez vos plaies à guérir que pour que je sois » impuissant à verser sur elles un baume salutaire. Vous » n'avez voulu un instant être sauvés que pour vous dé- » barrasser ensuite, et, au plus tôt, de votre sauveur. Vous » commencez à l'envelopper dans des plis tellement perfides » qu'il n'y demeurera pas longtemps impunément. Est-ce » un reste de penchant au désordre qui vous pousse à agir » de la sorte? ou plutôt, sont-ce des suggestions coupables » qui trompent votre bonne foi et l'égarent ? Croyez-moi, » si vous m'acceptez pour libérateur, ne dressez pas de- » vant moi un obstacle avec lequel je ne pourrais vous » délivrer. Si vous voulez revivre à l'ombre de l'autorité » séculaire, ne vous arrangez pas d'abord de façon à ce » que cette autorité soit paralysée. Le bon sens du Peuple » est plus clairvoyant que vos habiletés, et, quand il me » réclame, c'est toujours avec mon drapeau blanc. »

Le drapeau blanc, eût-il contre lui la vérité, l'antiquité historique, ce qui n'est nullement, bien au contraire, que, d'après la manière dont la question était posée, le Roi ne pouvait délaisser la couleur blanche pour les trois couleurs, sans livrer l'emblème du salut aux emblèmes de la mort, et, en quelque sorte, une portion de l'autorité légitime à la Révolution.

Comprenez-vous enfin ce que le Roi veut dire quand il

déclare : je ne serai jamais le Roi légitime de la Révolution.

Vous avancez que le Roi seul n'a pas fait son devoir ; et moi, Monsieur, je suis obligé de confesser que, seul, il l'a rempli complétement. Mais, ici, la franchise a été une seconde vue. Quand un souverain s'exprime avec génie, il ne doit pas s'attendre à être compris de suite ; il en appelle à l'histoire.

Il n'y a pas de question sur laquelle on ait parlé plus longtemps, sans s'entendre, que la question du drapeau. Voici, toutefois, un fait que je livre à la méditation des esprits réfléchis et non prévenus. Traitant donc des couleurs agitées, j'entendais dire un jour à un bonapartiste : Avec votre drapeau blanc, le comte de Chambord veut revenir le maître. Or, le maître, qu'était-ce dans sa bouche ? C'était l'éloignement prolongé et, espérons-le, définitif de l'Empire arrivant ou seul ou comme conséquence de la République. Légitimistes, orléanistes, républicains même qui n'aimez pas à être joués et, surtout, à l'être par l'Empire, vous tous ennemis patriotiques d'une forme de gouvernement qui correspond à trois invasions, et, vraisemblablement, achèvera la France, est-ce à vous de vous plaindre du drapeau blanc???... la plus éclatante manifestation contre l'Empire.

Nous l'avons dit : les nombreuses conditions posées par le Roi se réduisent en réalité à une seule : la condition du drapeau. Maintenant, nous allons montrer que, dans la raison d'éloignement tirée de cette unique condition, il entrait beaucoup de comédie. Il nous sera facile de prouver cette dernière assertion de deux manières : d'abord, avant le manifeste de Chambord, par les préoccupations, les paroles, l'attitude de ce qu'on est convenu d'appeler le parti libéral ; ensuite, après la publication du manifeste, par l'empressement avec lequel il fut saisi, commenté, exploité par ce même parti libéral (1).

(1) Qu'on n'oublie pas ce que nous avons dit du mot libéral. Sa véritable signification pour le philosophe, est ennemi de la liberté. Primitivement, il est vrai, le mot était magnifique, mais il a été corrompu et détourné de son sens naturel.

La guerre était finie. L'un de nos cycles révolutionnaires, que je n'entrevois jamais que comme des périodes de ruine et d'extermination publiques, s'achevait dignement par la perte, pour la France, de cinq milliards et des plus belles conquêtes de Louis XIV. Le bon sens populaire réagissant, malgré tous les mensonges et tous les sophismes dont on l'obsédait, contre des théories gouvernementales auxquelles on devait la continuation du démembrement de la France déjà commencé en 1815, la destruction définitive du traité de Westphalie, et le passage de notre patrie au second rang, le bon sens populaire détrompé avait donc envoyé à l'Assemblée souveraine, pour traiter de la paix au dehors et nous rendre la stabilité au dedans, une majorité de conservateurs dans laquelle tout concourait à faire voir une majorité de royalistes. Sous l'influence de telles élections tout était à l'apaisement, au repos, et le parti radical privé de son chef, qui avait eu soin de mettre la frontière des Pyrénées entre ses compromettants amis de la Commune et lui, n'avait d'autre souci que de se faire oublier (1). Quel était le langage de ceux qu'on pouvait alors appeler des orléanistes, et, qui, depuis la fusion des princes, sont demeurés ce qu'ils étaient avant tout : des révolutionnaires ? Quel était leur langage, non pas dissimulé, non pas rare, mais ouvert et quotidien ? « Avec notre excellente Chambre » nous allons avoir une royauté ; il ne nous manque plus » que l'abdication du comte de Chambord. Songerait-il à » régner ? » Tels étaient leurs discours, ou, du moins, tel était le sens de leurs discours avant le manifeste. Quand il eut paru : « Qu'est-il besoin d'explication plus longue, » s'écrient-ils avec des airs de triomphe ; l'acte du comte » de Chambord est une abdication. » Ainsi, que le Roi se taise ou parle, dans le premier cas, il n'aime que la retraite

(1) M. Gambetta s'était refugié à Saint-Sébastien. M. Ranc et plusieurs de ses autres amis figuraient dans la Commune qui avait évidemment les vœux de l'ex-dictateur de Tours. Elle n'a eu qu'un tort à ses yeux, celui de ne pas réussir pour avoir marché trop vite. De là la prudence et la modération actuelles des radicaux.

et redoute la royauté, dans le second, il s'en déclare indigne; il est toujours bon pour être mis à l'écart; « il est toujours incapable d'être Roi. » Mais le Prince arrête d'un mot les audacieux :

« Toutes les espérances fondées sur l'oubli de mes devoirs sont vaines. Je n'abdiquerai jamais. »

Si plusieurs royalistes ont pu être surpris, au premier instant, la mauvaise foi avec laquelle a été exploitée et travestie la question du drapeau doit leur montrer, avec un luxe d'évidence irrésistible, quelle était la pensée secrète de ceux qui se livraient à cette exploitation et à ce travestissement. Ceux-ci osent parler des prétextes du Roi. C'est la question du drapeau, telle qu'ils l'ont mise à profit, qui fut un prétexte, et le plus dérisoire, le plus odieux de tous les prétextes. Avant comme après la déclaration du 5 juillet 1871, ils n'avaient qu'un but, qu'une idée fixe : écarter Henri V. La déclaration que nous avons examinée fut une arme dont ils se servirent pour l'atteindre, de même que, selon toute vraisemblance, ils se seraient servis de l'absence de déclaration, et du maintien du drapeau tricolore : voilà tout.

Je n'ai traité la question du drapeau qu'au point de vue de l'opportunité. Sur le terrain historique j'aurai autrement beau jeu.

§ 2.

ACCORD DES PARTIS MONARCHIQUES.

Au reste, la question fut si bien comprise dans le sens où nous l'avons nous-même interprétée, le manifeste de Chambord fut si peu regardé comme une abdication qu'à la Chambre où l'étude journalière des moyens de réparer les épouvantables désastres fruits de la Révolution avait établi un fort courant monarchique, aucun parti de la droite ne fut ébranlé dans sa conviction. J'en ai pour témoin la rédaction d'un programme sur lequel les différents groupes de conservateurs se mirent d'accord, le 17 février 1872. Ce programme de la monarchie constitutionnelle, de la Monarchie des temps modernes, était-il en opposition avec la pensée du Roi? On ne serait que vrai, en affirmant que, sauf les mots de responsabilité ministérielle sur laquelle nous nous expliquerons plus loin (1), chacun des termes adoptés par les groupes de droite a un pendant dans une déclaration royale. Je vais choisir parmi ces termes ceux que le gentilhomme juge à propos de transcrire et les mettre en regard des propres paroles du Roi. On verra s'Il avait lieu d'être mécontent.

Programme politique rédigé en 1872 par les députés de la Droite.	*Programme politique tracé par le Roi dans ses lettres du 22 janvier 1848.*
La Monarchie héréditaire, représentative, constitutionnelle assure au pays, avec son droit d'intervention dans la gestion des affaires et sous la garantie de la responsabilité ministérielle, les libertés nécessaires, libertés politiques, civiles, religieuses; l'égalité devant la loi, le libre accès à tous les emplois, à tous les honneurs, à tous les avantages sociaux, l'amélioration pacifique et continue de la condition des classes ouvrières. Cette Monarchie est celle	AU VICOMTE DE SAINT-PRIEST. Rappelez-leur donc que, dans toutes les occasions et notamment à Londres (il s'agit de la réunion de Belgrave-Square), j'ai hautement manifesté ma conviction que le bonheur de la France ne pouvait être assuré que par l'alliance sincère des principes monarchiques avec les libertés publiques.

(1) Page 72.

que nous voulons. Respectant d'ailleurs notre pays autant que nous l'aimons, nous n'attendons rien que du vœu de la nation librement exprimé par ses mandataires.

Programme politique tracé par le Roi dans ses lettres du 25 août 1849.

AUX OUVRIERS DE PARIS QU'ON L'ACCUSE D'IGNORER.

« En parcourant les listes
» nombreuses qui m'ont été
» apportées, j'ai été heureux
» et fier de compter tant d'a-
» mis dans les classes labo-
» rieuses. Etudiant sans cesse
» les moyens de leur être utile,
» je connais leurs besoins,
» leurs souffrances, et mon
» regret le plus grand est que
» mon éloignement de la pa-
» trie me prive du bonheur de
» leur venir en aide, et d'a-
» méliorer leur sort. »

Du 22 décembre 1850.

AU DUC DE NOAILLES.

« Je sais toutes les difficultés
» que rencontre le retour aux
» principes de l'hérédité mo-
» narchique, tant de la part
» de ceux qui le combattent
» que souvent même par le fait
» de ceux qui le défendent, et
» ces divers obstacles, je sens
» qu'il est de mon devoir de
» chercher, autant qu'il est en
» moi, à les faire disparaître.
» Aussi me suis-je constam-
» ment efforcé de prouver par
» mes paroles comme par ma
» conduite que, si la Providen-
» ce m'appelle à régner un

» jour, je ne serai pas le roi » d'une seule classe, mais le » Roi ou plutôt le père de » tous. »

Du 23 janvier 1851.

A BERRYER.

« Les maximes qu'elle (la » France) a fortement à cœur, » et que vous avez rappelées à » la tribune ; l'égalité devant » la loi, la liberté de conscien- » ce, le libre accès pour tous » les mérites à tous les em- » plois, à tous les honneurs, à » tous les avantages sociaux ; » tous ces grands principes » d'une société éclairée et » chrétienne me sont chers et » sacrés comme à vous, com- » me à tous les Français.

» Donner à ces principes » toutes les garanties qui leur » sont nécessaires par des in- » stitutions conformes aux » vœux de la nation et fonder, » d'accord avec elle, un gou- » vernement régulier et stable, » en le plaçant sur la base de » l'hérédité monarchique et » sous la garde ***des libertés » publiques*** à la ***fois fortement » réglées et loyalement respec- » tées;*** tel serait l'unique but » de mon ambition.....

» Après tant de vicissitudes » et d'essais infructueux, la » France, éclairée par sa pro- » pre expérience, saura, j'en » ai la ferme confiance, recon- » naître elle-même où sont ses » meilleures destinées. Le jour

» où elle sera convaincue » que le principe traditionnel » et séculaire de l'hérédité » monarchique est la plus sûre » garantie de la stabilité de » son gouvernement, du dé- » veloppement de ses libertés, » elle trouvera en moi un » Français dévoué, empressé » de rallier autour de lui » toutes les capacités, tous les » talents, toutes les gloires, » tous les hommes qui, par » leurs anciens services, ont » mérité la reconnaissance du » pays. »

Du 20 avril 1865.

AUX OUVRIERS.

« Qui ne voit d'ailleurs que » la constitution volontaire et » réglée des corporations li- » bres deviendrait un des élé- » ments les plus puissants de » l'ordre et de l'harmonie so- » ciale, et que ces corporations » pourraient entrer dans l'or- » ganisation de la commune, » et dans les bases de l'élec- » torat et du suffrage ? Con- » sidération qui touche un des » points les plus graves de la » politique de l'avenir. »

Du 15 novembre 1869.

A M***

« La France réclame, à bon » droit, les garanties du gou- » vernement représentatif,

» honnêtement, loyalement
» pratiqué avec toutes les li-
» bertés, et tout le contrôle
» nécessaires... Un gouverne-
» ment qui fait de l'honnêteté
» et de la probité politiques la
» règle invariable de sa con-
» duite, loin de redouter ces
» garanties et cette protec-
» tion, doit, au contraire, les
» rechercher sans cesse. »

Je le demande à la bonne foi. D'après ces citations qu'il serait facile de multiplier, le Roi pouvait-il avoir la moindre peine à accepter un programme ne différant de ses propres déclarations que par une connaissance moindre des véritables conditions de la liberté (1) et la vulgarité de la forme, les paroles royales étant aussi éloignées par leur noblesse du jargon parlementaire que le rang du Roi est au-dessus du rang des autres Français. En approuvant le programme de la Monarchie constitionnelle, le Roi ne sanctionnait que le programme de toute sa vie. L'absolutisme, dont on l'accuse d'être épris, l'eût trouvé tout étonné, et, en quelque sorte, tout dépaysé. Ce n'est pas là, n'aurait-il pas manqué de dire, ce que je n'ai cessé d'étudier, de vouloir et de promettre.

Au reste, tout commentaire est superflu à l'endroit du manifeste de la droite dans lequel vous laissez entrevoir, Monsieur, qu'il y avait une leçon indirecte au Roi; maladresse de votre part que je ne puis m'expliquer. Car, consulté sur cette déclaration par ceux de nos députés que rien n'a pu séparer de leur chef historique, et qui, en dépit des injures et des défections, sont demeurés jusqu'à ce jour ce que le devoir le plus élémentaire de membres d'un parti et la discipline la plus indispensable leur commandaient d'être, le Roi, c'est vous-même qui l'écrivez, leur conseilla de signer et d'approuver cette déclaration. La question du dra-

(1) Pour sauvegarder les libertés il faut un pouvoir qui les protége. Ce pouvoir sera-t-il celui des ambitieux ou celui de la Royauté. Qu'on réfléchisse et qu'on réponde.

peau, sur laquelle une décision royale avait fermé la bouche, n'était pas agitée : et chevau-légers comme membres du centre droit et de la droite modérée n'éprouvaient nulle difficulté à reconnaître ce qui était autant dans leurs vœux que dans les vœux de leur chef (1).

§ 3

VISITE DES PRINCES D'ORLÉANS A MONSEIGNEUR.

Les avantages de l'union entre les divers groupes de la droite ne tardent pas à se faire sentir, et à montrer de quoi cette union aurait été capable, si elle s'était maintenue. Le prestidigitateur politique qui, nommé d'abord dans vingt-six départements, et élevé ensuite par les conservateurs au pouvoir, n'y avait eu qu'un dessein, celui de les humilier, de leur refuser ce qui leur était dû : ministères, postes administratifs, et de leur faire échec, avait été rendu, le 24 mai 1873, à l'opposition dont il n'aurait pas dû sortir. Le chef de la maison d'Orléans, que le vote des royalistes avait tirée de l'exil et rendue à la patrie, avait réalisé le souhait de son cœur et de son intelligence politique à Frohsdorf, le 5 août de cette même année. Il avait mis fin au fatal divorce entre

(1) Il y a bien encore une phrase du programme des droites, sur laquelle vous nous avez cherché querelle. Sous ces mots : respectant notre pays nous n'attendons rien que du vœu de la nation librement exprimé par ses mandataires, vous voyez le drapeau tricolore. Mais à qui ferez-vous entendre que ces paroles ne se rapportaient pas au même sentiment que le Roi avait déjà et beaucoup mieux exprimé ? Le 4 février 1844 il écrit à M. Hyde de Neuville : « Je regarde les droits que je tiens de ma naissance comme appartenant à la France, et, bien loin qu'ils puissent devenir, dans un intérêt personnel, une occasion de troubles ou de malheurs pour elle, je ne veux jamais remettre le pied en France que lorsque ma présence sera utile à son bonheur et à sa gloire. »

les deux branches aînée et cadette des Bourbons par ces paroles trop oubliées, depuis, de plusieurs des anciens partisans de sa famille, si jamais ils y ont pris garde :

» Je viens vous rendre une visite que je souhaitais de
» vous faire depuis longtemps. Je viens, en mon nom et au
» nom de tous les membres de ma famille, vous présenter
» mes respectueux hommages, non-seulement comme au
» chef de notre maison, mais encore comme au seul repré-
» sentant du principe monarchique en France. Je souhaite
» qu'un jour vienne où la nation française comprenne que
» son salut est dans ce principe. Si jamais elle exprime
» la volonté de revenir à la Monarchie, nulle compétition
» au trône ne s'élèvera dans ma famille (1). »

Il y aurait une pensée d'hostilité très-coupable, que nous rejetons loin de nous, à donner à la démarche de Monseigneur le Comte de Paris le nom de soumission, mais ce mot, parfaitement ridicule dans son exagération, n'éveille-t-il pas une idée plus logique, plus rationnelle, plus conforme à ce qui s'est passé que le mot de transaction? Quel était, en effet, le but de Monseigneur le Comte de Paris ? De reconnaître dans l'aîné actuel de sa famille le chef de sa maison, et celui de la Monarchie française. Rien ne s'oppose à ce que le Roi ait gardé vis-à-vis de son cousin le silence le plus complet sur les matières politiques. Car, du moment où celui-ci n'avait qualité, ni pour donner des conseils, ni, surtout, pour poser des conditions, pourquoi lui infliger la mortification d'émettre des avis qu'on ne pourrait suivre? La réserve du Roi sur les matières politiques était autrement sage, et dans la nature des rôles réciproques. Et, lors même que les deux princes, l'aîné et le cadet, le Roi et le sujet, le plus auguste des sujets, il est vrai, mais enfin un sujet, auraient été sur un pied de parfaite égalité répugnant autant à toutes les lois d'une indispensable hiérarchie qu'à la démarche et à l'esprit de justesse de Monseigneur le Comte de Paris, quelles conditions poser au Roi? des conditions relatives

(1) Je copie ici les parolos que mon adversaire a mises dans la bouche de Monseigneur le comte de Paris.

aux libertés publiques? mais le Roi les admet toutes, soyons plus vrai, il les réclame toutes avec une énergie obstinée, si obstinée que, sans elles, je ne doute pas un instant qu'il refusât de gouverner ; des conditions relatives au drapeau ? Mais devait-il, pouvait-il livrer l'emblème de l'hérédité ? Fallait-il choisir le moment où la Révolution cessait parmi les princes pour la continuer dans le choix de la couleur nationale ? Monseigneur le Comte de Paris pouvait-il compter sur son changement, après le manifeste si carré de Chambord, et le soin curieux que son cousin avait mis à l'informer de ses véritables intentions.

Il est à supposer que notre gentilhomme vit bien au fond de sa province et dans quelque Quimper-Corentin politique pour s'imaginer que, les princes d'Orléans ayant accompli leur devoir, le Roi fût désormais dispensé du sien et que, dans l'émotion du premier enthousiasme, lorsqu'il venait de serrer sur son cœur le futur chef et le continuateur de sa race, il lui fût permis de se relâcher sur les glorieuses traditions, dont il n'est que dépositaire, et qui sont encore bien plus le patrimoine de la France que de sa Monarchie. Oui, comme vous le dites, Monsieur, avec l'union des princes, tout était simplifié, tout était rendu facile. Leurs partisans, en grande majorité à la Chambre, n'avaient qu'à les suivre, et la Monarchie historique nous était rendue. Ici quel est encore le coupable ?...... Hélas ! Monsieur, n'est-ce pas toujours le parti auquel vous appartenez ! ! !.....

TROISIÈME LETTRE

§ 1.

LA COMMISSION DES NEUF.

J'accorde toutes les belles qualités que l'on voudra aux membres de la Commission des Neuf où siégeaient deux membres de cette Extrême Droite si admirable et si calomniée (1), MM. de Tarteron et Combier; deux membres de la Droite modérée, MM. le Baron de Larcy et Baragnon; deux membres je ne sais de quel groupe, MM. le Comte Daru et Chesnelong ; trois membres appartenant au Centre-Droit, MM. le général Changarnier, Duc d'Audiffret-Pasquier et Callet.

Malheureusement, il régnait parmi ces Messieurs de même que dans la Chambre, et, jusqu'à un certain point, dans le pays un double courant, et, dans cette lutte de

(1) Seuls ils seront restés fidèles à leurs principes et à leur chef jusqu'au bout. Il est vrai que la première condition pour être fidèle à des principes est d'en avoir; et qui donc parmi cette masse flottante des centres se doute seulement de cela! Le naufrage facile à prévoir du vaisseau où se seront successivement embarqués les divers groupes de l'Assemblée donnera singulièrement raison aux chevau-légers.

deux forces contraires, l'on ne devait guère s'attendre à ce que ce fût la plus raisonnable, la plus sociale, la plus historique et la plus utile à la France qui l'emportât. Pour tous les membres de la commission et de l'Assemblée ayant servi les gouvernements de Révolution, depuis 1830, soit 1830 lui-même, soit la République, soit l'Empire ou même ayant, dans la participation à la vie politique sous ces divers régimes, pris, comme malgré eux, une partie de leur esprit, il ne paraissait pas possible que le Comte de Chambord revînt autrement qu'avec le drapeau regardé comme national depuis quarante-trois ans, c'est-à-dire depuis sa victoire définitive sur le drapeau d'hérédité, autrement qu'avec les soi-disant garanties datant de la même époque. La croyance à la nécessité de ces deux conditions et, avant tout, de la seconde (ce n'est pas le Roi mais l'Assemblée qui les posait), s'accroissait, chez plusieurs membres du Centre Droit, d'une haine violente contre le drapeau blanc, la haine du spoliateur contre le spolié, et, du désir, qu'à l'exemple de la Royauté de Juillet, la nouvelle Royauté devînt leur chose, le triomphe exclusif de leurs programmes, et le champ libre ouvert exclusivement à leurs ambitions. Contre ces théories si contraires à la vérité sur la question du drapeau, et au caractère ancien et fondamental de la Royauté en France (1), théories caressées avec d'autant plus de prédilection qu'elles satisfaisaient de vieilles rancunes et l'égoïsme de l'intérêt individuel, quels étaient les plans, et, ce qui importe davantage, quelle était la puissance de ceux les plus aptes par l'ancienneté, par l'énergie de leurs opinions royalistes et les études consacrées à la défense de la plus française des causes, à amener son triomphe, et à combattre le désordre? Plusieurs, tout en restant d'une fidélité inébranlable à l'égard du principe, étaient ébranlés sur le drapeau et les programmes de 1830. A force d'entendre répéter que l'impopularité de sa couleur

(1) Le caractère ancien et fondamental de la royauté en France d'être à la fois forte et le patrimoine de tous, c'est-à-dire juste le contraire de ce que demandaient les parlementaires.

avait perdu la Monarchie légitime, ils le croyaient. On leur avait tellement prêché le merveilleux effet d'une transaction où le Droit et la Révolution se prêteraient une mutuelle force, en s'embrassant, qu'ils pensaient bien agir, en acquiesçant à ce pacte. Pour les autres royalistes, qui avaient gardé leurs anciennes convictions dans toute leur intégrité, ils en avaient retenu sans doute la bonne foi, la fidélité inébranlable, l'obéissance, le dévouement, toutes les vertus d'autant plus belles qu'elles sont plus modestes et plus désintéressées. Ils n'avaient plus ni l'enthousiasme, ni la croyance en soi qui ébranle quand elle ne s'impose pas, perdus qu'ils étaient au milieu d'un monde d'idées et d'aspirations toutes différentes. Quant aux moyens d'action, ils avaient perdu avec Berryer la grande voix capable de s'imposer. Ils se trouvaient donc vis-à-vis d'opinions contraires et plus animées contre eux, plus injustes, au sein de leur ignorance, les unes que les autres dans un état d'inégalité comme popularité, comme nombre, comme audace et, peut-être même, comme talent.

A ces causes d'infériorité dans la commission, dans la Chambre, dans le pays et, surtout, dans les régions où se donne l'impulsion politique s'ajoutait la division, compagne habituelle de la faiblesse. Outre le partage des gros bataillons en royalistes ne reconnaissant que le Roi, et ce qui est de son essence, le drapeau actuel de l'hérédité, l'acceptation pure et simple du principe monarchique, non une acceptation conditionnelle, et royalistes s'égarant de bonne foi à la poursuite d'une alliance chimérique entre le droit et la Révolution, le drapeau qui représente le premier et les couleurs que nous a léguées la seconde (1), outre ce partage des gros bataillons, il y avait certaines personnalités en vue qui, par suite d'un commerce littéraire et politique assidu avec les hommes de 1830, en étaient venues à croire qu'un compromis avec ce régime serait non-seulement utile mais indispensable. Je voudrais admettre la

(1) Le berceau du drapeau tricolore est l'insurrection du 14 juillet 1789 qui ouvrit l'ère des fureurs révolutionnaires.

complète bonne foi et le parfait désintéressement de ces célébrités qu'un reste de respect m'empêche de désigner, et qui, bien qu'absentes de la Chambre, exerçaient sur elle comme sur le monde lettré une influence trop manifeste. Je serais heureux de croire que les doctrinaires de Juillet n'ont pas à ce point transformé de vieux et éloquents défenseurs du principe qu'ils leur aient transmis leur soif de domination jalouse, exclusive, injuste, aussi fatale au Roi que pernicieuse au Peuple. Mais à la question que ces ex-légitimistes, et, en tout cas, ces légitimistes douteux ne manqueraient pas de m'adresser : Vous vouliez faire la Monarchie avec une majorité parlementaire ; or, cette majorité parlementaire n'existait qu'avec l'alliance du Centre Droit, c'est-à-dire, pour les chefs, de 1830 ? voilà ce que je me permettrais de répondre :

D'abord, il n'est pas dit que si, dès l'origine, vous aviez posé la question, avec sincérité, devant la Chambre et le pays, et leur eussiez catégoriquement fait entendre que le Roi n'avait jamais varié sur son mode obligatoire de reconnaissance et sur le maintien de son drapeau, il n'est pas dit, surtout, que si la majorité de l'Assemblée eût apporté auprès du Roi le même bon sens que Monseigneur le Comte de Paris, et fût venue sans arrière-pensée d'admettre à la fois et de ne pas admettre la Royauté, il n'est pas dit donc que, dans cette hypothèse, la prétention du Roi eût paru si exorbitante, et qu'ayant besoin de toute la force de son principe pour refaire notre pays, en proie à l'anarchie au dedans, mutilé et humilié au dehors, on s'en fût privé pour ce seul et par trop ridicule motif que le Roi se refusait à recevoir un autre pouvoir que celui de tous ses ancêtres (1), et à quitter le drapeau de Jeanne d'Arc, de Henri IV, de Louis XIV et de Louis XVIII.

(1) Il vient de paraître dans un journal orléaniste, le *Courrier de la Gironde*, un article trop curieux pour que je n'en donne pas ici quelques fragments. Ah ! si tous les orléanistes avaient pensé et même pensaient encore de la sorte, nous ne serions pas aussi près du radicalisme et de l'Empire.

Voici ce cri de vérité arraché par le péril de la situation :

« Et d'abord on s'est moins occupé du principe que de son repré-

Ensuite l'abdication, à plus ou moins bref délai, ne pouvant que résulter pour Henri V de l'acceptation de certaines conditions, qui l'annihilaient, tout valait mieux pour la France et le Roi que d'accepter ces conditions, et de donner dans un piége pour n'avoir pas su attendre. Sans doute, alors, c'était un effroyable malheur que ceux qui avaient avec eux le droit et l'histoire fussent incapables de nous les ramener aussitôt, et qu'il fallût de nouvelles secousses et de nouvelles expériences pour nous convaincre, et nous rendre avec la vérité l'antique stabilité politique. Mais qu'a-t-on gagné à ces manéges qu'une ruineuse et cruelle méprise?.. Etant bien entendu que la Royauté légitime, que la Royauté séculaire gardait son caractère essentiel et son drapeau, mon avis est que, ou on l'aurait accueillie, ou, du moins, on n'aurait pas été rejeté aussi loin du but qu'on l'a été par une déception. L'abîme profond et épouvantable qui nous sépare du port ne se serait pas creusé.

Ces explications préliminaires étaient indispensables pour faire comprendre le rôle joué par la Commission des Neuf.

Elle voulait faire la Royauté sur deux bases principales: le drapeau de 1830, et les garanties exigées de l'élu de 1830, et elle voulait la faire, dans de telles conditions, avec un prince qui ne cessait de répondre sur le premier point : Comment voulez-vous que j'accepte un drapeau qui, inauguré dans une émeute, a été l'emblème exclusif de tous les gouvernements d'aventure, des deux Empires, des Répu-

» sentant. On n'a pas compris assez clairement qu'une Monarchie, une » Royauté constitutionnelle ou autre, sans le principe de la légitimité » qui la fonde, sans la base traditionnelle qui, depuis des siècles, lui » sert de support, n'est qu'une ombre, une fantasmagorie de Monar- » chie, qui n'a aucune chance de durée et de solidité.

» Dans le représentant de la Monarchie, on s'est moins laissé attirer » vers le Roi légitime, vers les garanties constitutionnelles qu'il offrait » libéralement à la nation, qu'on a ressenti d'effroi contre l'homme » d'État de génie qui s'est posé tout d'abord comme l'adversaire résolu » de la Révolution.

» C'est ici vraiment que la confusion a été regrettable, grossière, » impardonnable.

« C'est ici que règnent encore d'épaisses ténèbres qu'il importe sur- » tout de dissiper. »

bliques, et de la Royauté d'usurpation? et, sur le second point : Ni charte imposée, ni charte octroyée, mais charte consentie, selon le respect du vieil adage : *Lex fit consensu populi et regis*. Commencez par reconnaître mon droit. Quand vous m'aurez placé libre en face du Peuple libre, le Peuple et Moi nous nous entendrons.

La question ainsi posée par les faits, le résultat était prévu. Nous allons voir comment on y arriva.

Le 4 octobre 1873 avaient été élus les membres de la fameuse commission chargée de formuler, à la rentrée de la Chambre, une proposition de restauration monarchique de nature à être agréée par le Roi et l'Assemblée. En conséquence, cette commission s'était mise en rapport avec le Roi par l'entremise de M. Chesnelong, et, sur ses renseignements, voici à quels termes elle s'était arrêtée :

« L'Assemblée nationale,

» Voulant user du droit constituant qui lui appartient et qu'elle s'est toujours réservé,

» Décrète :

» Art. 1er. La Monarchie nationale, héréditaire et constitutionnelle, est le gouvernement de la France.

» En conséquence Henri-Charles-Marie-Dieudonné, chef de la Maison Royale de France, est appelé au trône.

» Les Princes de cette famille lui succéderont de mâle en mâle, par ordre de primogéniture.

» Art. 2. L'égalité de tous les citoyens devant la loi, et leur admissibilité à tous les emplois civils et militaires, les libertés civiles et religieuses, l'égale protection dont jouissent aujourd'hui les différents cultes, le vote annuel de l'impôt par les représentants de la nation, la responsabilité des ministres inséparable de l'inviolabilité royale, la liberté de la presse sous les réserves nécessaires à l'ordre public, et généralement toutes les garanties qui constituent le droit public des Français sont et demeurent maintenues.

» Le gouvernement du Roi présentera à l'Assemblée nationale les lois constitutionnelles ayant pour objet d'assurer et de régler l'exercice collectif de la puissance législative par le Roi et les deux chambres, l'organisation du suffrage universel, et, généralement, toutes les lois nécessaires à la constitution des pouvoirs publics.

» Art. 3. Le drapeau tricolore est maintenu. Il ne pourra être modifié que par l'accord du Roi et de la représentation nationale. »

Le premier article est excellent, et parfaitement en rapport avec ce qu'exigeaient le Roi et l'histoire. Il y a peu à dire sur l'article 2, en lui-même, et beaucoup sur la prétention qui l'a dicté. Où est la reconnaissance pure et simple du principe? M. Chesnelong avoue que, sur le terrain des libertés publiques, « il n'a eu qu'à enfoncer une porte ouverte. » L'aveu est excellent et instructif pour ceux qui, en dépit de ses admirables lettres, ignoraient que le Roi fût l'esprit le plus libéral de son temps, mais libéral dans un sens peu employé, celui de partisan de la vraie liberté, de la liberté de tous.

Le second alinéa de cet article 2 se conforme même, d'une façon toute particulière, aux vues du Roi : « Le gouvernement du Roi présentera à l'Assemblée nationale les lois constitutionnelles, etc. » C'est bien là le *consensus populi et regis*, la charte délibérée, non imposée ni octroyée, la liberté du Roi en face de la liberté du Peuple.

Le troisième article : « Le drapeau tricolore est maintenu », continue-t-il cet accord? Le désir du Roi était de régler la question du drapeau, de même que la constitution. Ni drapeau imposé, ni drapeau octroyé, mais drapeau délibéré ; telle était la transaction honorable, pour tous, qu'il proposait (1).

Le Comte de Chambord, d'après M. Chesnelong, aurait dit, inspiré par ce sentiment de toutes les délicatesses et du respect de la patrie qu'il concilie si bien avec ses indispensables revendications : « Qu'il n'avait l'intention d'offenser » ni son pays, ni le drapeau de son pays, qu'il n'était étran- » ger, ni aux gloires que la France avait acquises sous ce » drapeau, ni aux douleurs qu'elle avait subies ; que, puisque

(1) Voir l'excellente brochure : *la Vérité sur la Fusion*, chez Féchoz, libraire éditeur, 5, rue des Saints-Pères.

» le drapeau tricolore était le drapeau légal, si les troupes » devaient le saluer à son entrée en France, il saluerait » lui-même avec bonheur le drapeau teint du sang de nos » soldats. »

Ce respect du drapeau légal équivalait-il à une acceptation définitive? Le Roi avait-il démenti le manifeste de Chambord, démenti ses propres paroles à M. Chesnelong? Comme celui-ci demandait l'acceptation préalable du drapeau tricolore, il lui aurait été répondu : « Jamais, jamais, jamais (1). » Le drapeau tricolore est maintenu, n'est-ce pas cette acceptation préalable???...

Après les paroles du Roi, il était impossible de continuer les négociations sur le pied où elles étaient engagées. On préfère, néanmoins, les y poursuivre avec cette tactique sourde et ténébreuse qu'affectent les hommes animés d'intentions coupables. On tient à mettre le Roi au pied du mur, à lui imposer ou une acceptation qui le livre à tout jamais, ou une déclaration qui le perde, au moins momentanément. Il admettait une partie du programme de la commission (2). On va l'accentuer, et le renforcer dans sa partie inacceptable et inacceptée.

Si c'est sur ce terrain que vous préparez l'accord, remuez-vous tant qu'il vous plaira au sein de l'Assemblée, Messieurs les partisans de votre propre pouvoir. Que le Centre Droit essaye de convertir le Centre Gauche à sa royauté républicaine, ou que le Centre Gauche réplique au Centre Droit par sa république royale, cela nous touche peu. Tous deux sont

(1) « A la dernière heure, avant de partir pour Paris, M. Chesnelong présenta au roi (réveillé dans ce but, à minuit) une feuille de papier sur laquelle il avait résumé ou cru résumer les précédents entretiens.

» Le troisième paragraphe de cette note disait en substance que : « si le pays, par l'organe de ses représentants (après la Restauration) manifestait sa volonté formelle de garder le drapeau tricolore, le Roi l'accepterait. »

Le Roi prit un crayon et barra cet article. M. Chesnelong demanda respectueusement l'autorisation de donner verbalement cette assurance.

« Jamais, jamais, jamais ! » lui répondit le Roi (*la Vérité sur la Fusion.*)

(2) Jamais le Roi n'avait accepté le troisième article de la commission des Neuf. « Le drapeau tricolore est maintenu. »

également en dehors de l'esprit de l'histoire, des précédents, et de la vieille constitution de la France. Un travail que j'ai déjà avancé, prouvera, jusqu'à l'évidence la plus irrésistible, que le pouvoir royal, sans être ni despotique, ni absolu fut constamment fort et libre dans son action, et que c'est grâce à cette énergie qu'il a surmonté l'anarchie féodale, de même qu'il vaincra l'anarchie démocratique.

Cette victoire est-elle certaine ?... En face du Centre Droit complotant la ruine de la véritable Royauté, du Centre Gauche ne voulant même pas d'une Royauté ainsi livrée et avilie, que reste-t-il à croire, si ce n'est que le jour du Roi, le jour où il sera regardé comme nécessaire, comme indispensable n'est pas venu ! Hélas ! il n'est guère besoin d'être prophète pour craindre de nouveaux malheurs ! La France s'est mise, ou, plutôt, a été mise précisément dans la situation qui les comporte et les attire le plus. A moins de supposer qu'elle est morte et doit disparaître complétement à bref délai, il est vraisemblable qu'elle essayera de se relever avec le seul pouvoir qui déjà, à deux reprises différentes, pansa ses plaies dues à la Révolution et les cicatrisa. Plus que des espérances humaines trop souvent évanouies, l'association constante, depuis des siècles, de la destinée de la France et de celle du Saint-Siége, la nécessité que la première se relève, pour que le second retrouve avec son appui ici-bas, depuis Charlemagne, son indispensable indépendance, sont un véritable motif d'espoir. Le Centre Droit et le Centre Gauche, peuvent maintenant voter ou ne pas voter ce qui leur plaira. Y a-t-il lieu de raisonner avec la folie et l'amour de destruction de soi-même ??...

Pour vous, ne craignez rien, impérialistes de droite, impérialistes de gauche, républicains radicaux d'aujourd'hui, républicains radicaux d'hier, tous aussi pénétrés d'admiration pour votre forme gouvernementale que le Centre Gauche, et le Centre Droit eux-mêmes. Ce n'est pas une royauté de 1830 par les emblèmes et le programme politique qui peut vous embarrasser. La meilleure des Républiques, pour les monarchistes, ne conduit-elle pas à une autre, moins bonne, il est vrai, pour ces mêmes monarchistes, mais préférable pour les républicains, en attendant qu'elle le soit pour César. D'ailleurs, pour que cette république royale existe, il faut que quelqu'un s'y prête; et ce n'est pas le chef actuel de la Monarchie, le prince le plus instruit du passé comme du présent de la France qui se chargera de cette besogne. Les craintes des ennemis de la Monarchie bâtarde sont donc aussi frivoles que les espérances de ses amis sont vaines.

Reposons-nous sur un spectacle plus noble. Au milieu de l'anarchie des partis, seul, le Roi demeure inébranlable.

Planant au-dessus de leurs disputes pour s'arracher des lambeaux de pouvoir, et trop grand pour descendre à d'aussi vulgaires désirs, il attend, fort de son droit et de l'immutabilité de ses doctrines, que les passions apaisées, les fureurs des préjugés amorties lui permettent de fermer l'ère des troubles, et de relever la France.

§ 2.

LE VERRE D'EAU.

Nous dirions plutôt la goutte d'eau, car il ne fallait plus qu'un atome de liquide pour faire déborder le vase. Pauvres petits membres et surtout secrétaires de la réunion du Centre Droit! innocents vraiment à plaindre! c'est uniquement par excès de prosélytisme qu'ils ont prêté au Roi l'acceptation des trois couleurs; nouveaux convertis ils ne péchaient que par excès de zèle! Ainsi raisonnez-vous, Monsieur. Si quelqu'un était en train de passer un arrangement avec vous, et que pour vous extorquer ce qu'il ne pourrait obtenir, il publiât une note où fussent travestis les termes de votre arrangement et dénaturées vos intentions et vos paroles, seriez-vous satisfait? Auriez-vous lieu de vous louer de sa franchise, de sa bonne foi, j'allais presque dire de son honnêteté? Eh bien, ce que vous ne supporteriez pas pour vous, vous trouvez étrange que le Roi ne s'en accommode pas. Ces règles de la probité la plus vulgaire et la plus exigée, vous trouvez tout naturel qu'on les enfreigne à l'égard du Roi.

Nous avons vu qu'il y avait un projet de la commission des Neuf (1); que, dans ce projet, les deux premiers articles étaient à peu près conformes, pour le fond, à la pensée royale; que le troisième article débutant ainsi : « Le drapeau tricolore est maintenu », soulevait de nombreuses difficultés, mais que ces mots, parfaitement contradictoires avec les manifestes et les paroles du Roi en toute circonstance, étant suivis de ce correctif, il est vrai, très-insuffisant : « il ne pourra être modifié que par l'accord du Roi et de la représentation nationale », le projet, toujours susceptible de changement, tant qu'il n'aurait pas été produit au grand jour, n'avait pas été repoussé dans son ensemble.

Le Centre Droit va maintenant s'emparer de ces paroles : le « drapeau tricolore est maintenu », les grossir habilement, les retourner à sa manière, les publier de sorte que l'atténuation qui, seule, ne les avait pas rendues trop impossibles disparaisse, donner la première phrase sans la seconde, l'engagement sans ce qui le détruit en partie. Il triomphera dans sa déloyauté. Les malentendus et les équivoques jetteront partout la crainte, l'incertitude, lorsque le Roi arrêtera le tout avec sa magnifique lettre du 27 octobre.

Mais quelle est donc cette pièce qui donna lieu immédiatement au coup de tonnerre destiné à dissiper tous les nuages?

Cette pièce est le procès-verbal d'une certaine réunion du Centre Droit tenue à la fin d'octobre sous la Présidence de M. le duc d'Audiffret-Pasquier, et sur laquelle, Monsieur, vous vous gardez bien de vous appesantir. C'est à peine si vous daignez reconnaître « qu'elle renferme une

(1) Le projet de la commission des Neuf ne fut publié que le 2 novembre. Avant cette date il était connu des diverses réunions parlementaires de la Droite auxquelles il avait été soumis. Mais les royalistes espéraient et pouvaient espérer jusqu'à la publication du projet que l'accord s'établirait entre la commission et le Roi sur la question du drapeau.

erreur, » et, encore, « une erreur commise de bonne foi. »

La commission des Neuf avait dit : « Le drapeau tricolore est maintenu, il ne pourra être modifié que par l'accord du Roi et de la représentation nationale. »

Le Centre Droit écrit : « C'est à la suite de ces confé-
» rences que les délégués de la Droite présents à Salzbourg
» ont déclaré à M. Chesnelong qu'ils adhéraient, en leur
» nom et au nom de leurs amis, à la rédaction préalable-
» ment arrêtée par la commission des Neuf, et aux termes
» de laquelle le drapeau tricolore était maintenu. »

M. Chesnelong dit, faisant allusion au Roi que : « puisque
» le drapeau tricolore était le drapeau légal, si les troupes
» devaient le saluer à son entrée en France, il saluerait lui-
» même, avec bonheur, le drapeau teint du sang de nos
» soldats. »

Le Centre Droit écrit purement et simplement : que les délégués de la Droite (je m'étonne qu'il n'ait pas osé mettre le Roi), que les délégués de la Droite acceptent, laissant entendre à la presse, à l'Assemblée, à l'opinion que, si les royalistes les plus ardents, si les purs eux-mêmes acceptent, le Roi ne peut être d'un avis opposé.

Pour vous, Monsieur, innocent comme il n'est guère permis ni prudent de l'être quand on appartient à un parti où maîtres et rivaux sont aussi déliés, vous ne vous apercevez même pas de la différence.

Il y en a bien une, dites-vous, mais involontaire d'abord et puis si insignifiante, M. Chesnelong disant : « Monsieur
» le comte de Chambord respecte le sentiment de l'armée
» pour un drapeau teint du sang de nos soldats », et les rédacteurs du Centre Droit : « le Prince saluera avec bonheur
» un drapeau teint du sang de nos soldats » (1).

(1) Les résolutions du Roi sont admirablement indiquées dans les deux points suivants fournis par M. Chesnelong pour le procès-verbal rectifié de la séance du 16 octobre :

1° Monsieur le Comte de Chambord ne demande pas que rien soit changé au drapeau avant qu'il ait pris possession du pouvoir ;

2° Il se réserve de présenter au pays et se fait fort d'obtenir de lui, par ses représentants, à l'heure qu'il jugera convenable, une solution compatible avec son honneur, et qu'il croit de nature à satisfaire l'Assemblée et la Nation.

Peu de chose, en effet, si peu de chose que nous ne nous en serions même pas aperçus si vous ne l'aviez signalé, et, qu'encore maintenant, après que vous nous l'avez montré, nous n'en tenons aucun compte.

Or, c'est ici un nouveau tour.

Vous ne citez la différence insaisissable que pour omettre la différence trop significative. Oh ! le bon apôtre, et que vous êtes un passé maître en jongleries ! Mais croyez-moi, Monsieur, malgré ce beau talent qui joue si bien tous les rôles, même la simplicité, et auquel, à défaut d'estime, je ne puis refuser un véritable étonnement, une force de vérité plus puissante que tous vos sophismes, et plus difficile à dérouter que tous vos escamotages, a déjà démontré à tous ceux qui ne refusaient pas absolument de l'apprendre, qu'en prenant le Roi vous ne vouliez que l'accommoder au programme et au drapeau de 1830, et que l'ayant mis dans l'alternative ou de passer sous vos fourches caudines, qui sont celles de la Révolution, ou de dérouter, comme à plaisir, ses amis par une déclaration lui enlevant provisoirement la couronne, il a préféré mille fois cette dernière extrémité et demeurer le Roi de France plutôt que de devenir le chef, peut-être fugitif, et, en tout cas, très-coupable d'une coterie aussi surannée dans ses prétentions qu'ennemie de toute loyauté, de tout désintéressement et de toute grandeur.

§ 3.

LA LETTRE DU 27 OCTOBRE.

Un manifeste royal étant nécessaire, parut cette admirable lettre du 27 octobre que je m'honorerai toute ma vie d'avoir comprise.

Nous la citons intégralement. Il y a profit à entendre un pareil langage. C'est à M. Chesnelong qu'il fut adressé.

» J'ai conservé, Monsieur, de votre visite à Salzbourg,
» un si bon souvenir, j'ai conçu, pour votre noble carac-
» tère, une si profonde estime, que je n'hésite pas à m'a-
» dresser loyalement à vous, comme vous êtes venu vous-
» même loyalement vers moi.

» Vous m'avez entretenu, durant de longues heures,
» des destinées de notre chère et bien-aimée Patrie, et
» je sais qu'au retour vous avez prononcé, au milieu de vos
» collègues, des paroles qui vous vaudront mon éternelle
» reconnaissance. Je vous remercie d'avoir si bien com-
» pris les angoisses de mon âme, et de n'avoir rien caché
» de l'inébranlable fermeté de mes résolutions.

» Aussi, ne me suis-je point ému, quand l'opinion pu-
» blique, emportée par un courant que je déplore, a
» prétendu que je consentais enfin à devenir le Roi légi-
» time de la Révolution (1). J'avais pour garant le témoi-
» gnage d'un homme de cœur, et j'étais résolu à garder
» le silence (2), tant qu'on ne me forcerait pas à faire appel
» à votre loyauté.

» Mais, puisque, malgré vos efforts, les malentendus
» s'accumulent, cherchant à rendre obscure ma politique
» à ciel ouvert, je dois toute la vérité à ce pays dont je
» puis être méconnu, mais qui rend hommage à ma sin-
» cérité, parce qu'il sait que je ne l'ai jamais trompé, et
» que je ne le tromperai jamais.

» On me demande aujourd'hui le sacrifice de mon hon-
» neur (3). Que puis-je répondre ? Sinon que je ne rétracte

(1) Roi légitime de la Révolution ; rien de plus vrai, en devenant le roi héréditaire du drapeau et du système de 1830. Le gentilhomme assure ne l'avoir lu nulle part. Tout écrivain ne rencontre pas sous sa plume des expressions aussi heureuses.

(2) Plût à Dieu, s'écrie le gentilhomme, que cette résolution pleine de sagesse eût été aussi inébranlable que certaines autres résolutions de Monseigneur. — Plût à Dieu, en effet ; car, par ce silence, la France et le Roi tombaient dans le piége de la Révolution. Si c'est votre affaire, Monsieur, ce n'est pas la nôtre.

(3) Je le crois bien ; en capitulant devant le Centre Droit, en livrant à 1830 les traditions de la Monarchie.

» rien, que je ne retranche rien de mes précédentes dé-
» clarations. Les prétentions de la veille donnent la
» mesure des exigences du lendemain, et je ne puis
» consentir à inaugurer un règne réparateur et fort par
» un acte de faiblesse.

» Il est de mode, vous le savez, d'opposer à la fer-
» meté d'Henri V l'habileté d'Henri IV. « La violente
» amour que je porte à mes sujets, disait-il souvent, me rend
» tout possible et honorable. »

» Je prétends, sur ce point, ne lui céder en rien, mais
» je voudrais bien savoir quelle leçon se fût attirée l'im-
» prudent assez osé pour lui persuader de renier l'éten-
» dard d'Arques et d'Ivry (1).

» Vous appartenez, Monsieur, à la province qui l'a
» vu naître, et vous serez, comme moi, d'avis qu'il eût
» promptement désarmé son interlocuteur, en lui disant
» avec sa verve béarnaise : « Mon ami, prenez mon dra-
» peau blanc ; il vous conduira toujours au chemin de
» l'honneur et de la victoire. »

» On m'accuse de ne pas tenir en assez haute estime
» la valeur de nos soldats, et cela au moment où je n'as-
» pire qu'à leur confier tout ce que j'ai de plus cher. On
» oublie donc que l'honneur est le patrimoine commun de
» la Maison de Bourbon et de l'armée française, et, que,
» sur ce terrain-là, on ne peut manquer de s'entendre !

» Non, je ne méconnais aucune des gloires de ma Patrie,
» et Dieu seul, au fond de mon exil, a vu couler mes
» larmes de reconnaissance toutes les fois que, dans la
» bonne ou dans la mauvaise fortune, les enfants de la
» France se sont montrés dignes d'elle.

» Mais nous avons ensemble une grande œuvre à accom-
» plir. Je suis prêt, tout prêt à l'entreprendre quand on
» voudra, dès demain, dès ce soir, dès ce moment. C'est

(1) Renier, c'est-à-dire abandonner l'étendard d'Arques et d'Ivry. Le gentilhomme s'étonne de cette phrase. Il n'y a pas de quoi. Il me semble qu'abandonner son drapeau équivaut à le renier.

» pourquoi je veux rester tout entier ce que je suis.
» Amoindri aujourd'hui, je serais impuissant demain.

» Il ne s'agit de rien moins que de reconstituer sur » ses bases naturelles une société profondément troublée, » d'assurer avec énergie le règne de la loi, de faire re- » naître la prospérité au dedans, de contracter au dehors » des alliances durables, et, surtout, de ne pas craindre » d'employer la force au service de l'ordre et de la justice.

» On parle de conditions ; m'en a-t-il posé ce jeune » Prince, dont j'ai ressenti avec tant de bonheur la loyale » étreinte, et qui, n'écoutant que son patriotisme, venait » spontanément à moi, m'apportant, au nom de tous les » siens, des assurances de paix, de dévouement et de » réconciliation (1) ?

» On veut des garanties ; en a-t-on demandé à ce » Bayard des temps modernes, dans cette nuit mémorable » du 24 mai, où l'on imposait à sa modestie la glorieuse » mission de calmer son pays par une de ces paroles » d'honnête homme et de soldat, qui rassurent les bons et » font trembler les méchants ?

» Je n'ai pas, c'est vrai, porté comme lui l'épée de la

(1) Le gentilhomme s'exprime ainsi dans sa note : « Le jeune prince » eût pu donner, si on les eût demandés, d'utiles conseils. Quant à » des conditions il a eu la générosité de n'en mettre aucune, en son nom » et au nom de sa famille, à l'acte de patriotisme qu'il accomplit à » Frohsdorf » — Que Mgr le Comte de Paris pût donner les conseils peut-être ! bien que son âge et ses études le mettent, dans un état d'infériorité, vis-à-vis la longueur de l'âge et des études du Roi. Quant à des conditions il avait trop de jugement pour ne pas comprendre qu'il ne pouvait pas plus les poser à son aîné que son aîné ne pouvait les accepter. Le cadet poser des conditions à l'aîné, c'est bien l'anarchie dans la famille que rêve le gentilhomme. Le parlement lui-même ne pouvait poser de conditions au Roi héréditaire. Celui qu'il réclamait était-il Roi, de par un droit antérieur à l'acceptation de conditions, ou était-il Roi pour avoir préalablement accepté des conditions? Était-il Roi, bien que sans conditions, ou n'était-il Roi qu'avec des conditions ? Dans le premier cas il était Roi de par ses ancêtres, de par l'histoire et la tradition nationale, et les conditions de la Royauté élective ne le concernaient pas ; dans le second cas, il était Roi élu et n'avait que faire de son hérédité.

» France sur vingt champs de bataille, mais j'ai conservé » intact, pendant quarante-trois ans, le dépôt sacré de nos » traditions et de nos libertés. J'ai donc le droit de compter » sur la même confiance, et je dois inspirer la même » sécurité.

» Ma personne n'est rien, mon principe est tout (1). » La France verra la fin de ses épreuves, quand elle vou- » dra le comprendre. Je suis le pilote nécessaire, le seul » capable de conduire au port, parce que j'ai mission et » autorité pour cela (2).

» Vous pouvez beaucoup, Monsieur, pour dissiper les » malentendus, et arrêter les défaillances à l'heure de la » lutte. Vos consolantes paroles, en quittant Salzbourg, » sont sans cesse présentes à ma pensée : la France » ne peut pas périr, car le Christ aime encore ses Francs, » et, lorsque Dieu a résolu de sauver un peuple, il veille » à ce que le sceptre de la justice ne soit remis qu'en des » mains assez fermes pour le porter.

Tout ce que l'auteur des soi-disant responsabilités voit dans ce langage digne de Bossuet et de J. de Maistre est un

(1) Le gentilhomme ne comprend rien à ces paroles : « Ma personne n'est rien, mon principe est tout. » Il n'est pas surprenant, alors, qu'il ne comprenne rien à la conduite du Roi, car ces mots sont l'explication, donnée dans les termes les plus concis et les plus frappants, de ses pensées, de ses efforts et de son abnégation. Comment expliquer autrement le refus d'une couronne et la rentrée volontaire dans un exil de 43 ans. Le Roi ne veut revenir en France que si l'on accepte complétement son principe avec son drapeau et sa signification. Être le défenseur de l'intégrité du principe qui a fait la France ; voilà tout le rôle de Henri de France.

(2) Le gentilhomme est encore, toujours irrité par l'expression de « pilote nécessaire. » Il y voit une allusion au pouvoir absolu qu'il repousse avec indignation. Tout beau, Monsieur. Le Roi n'a nullement la prétention de vous soumettre au despotisme, de vous gouverner comme gouverna François 1er que, soit dit en passant, vous mettez comme mérite, après Louis XII, je ne sais pourquoi. Par les mots « pilote nécessaire, le seul capable de conduire le navire au port, » le Roi entend qu'il est la seule autorité traditionnelle, logique, légitime, et qu'on a besoin de lui, de son principe pour sortir de l'abîme où nous ont jetés je ne dirai pas les principes, mais les expédients contraires.

fameux « on » qui enveloppait dans une commune condamnation tous les membres de la commission des Trente, aussi bien les fidèles de l'Extrême Droite que les députés du Centre Droit.

Vous pouvez ainsi vous amuser, Monsieur, à tirer des conséquences qui vous plaisent de faits n'ayant avec ces conséquences aucun rapport. Nous allons nous répéter pour votre édification :

Bien que le troisième article du projet de proposition monarchique ne fût nullement de nature à satisfaire le Roi et conforme à ce qu'il avait toujours dit et écrit, néanmoins, malgré de trop justes défiances, l'ensemble du projet était admis, parce qu'on pouvait toujours espérer une modification d'un article non encore publié, parce que les articles précédents contenaient des clauses excellentes. Il a fallu que le Centre Droit vînt aggraver, envenimer la partie défectueuse du projet pour que le Roi, saisi d'une juste indignation, fût contraint de faire voler en éclats ce mur de mensonges et d'hypocrisies qu'on essayait d'élever entre la Nation et Lui.

Le 2 novembre de cette même année 1873 où l'on crut un instant la France à la veille de renouer les chaînes de son histoire, je rencontrai un homme plus politique, au sein de son obscurité, que nos illustrations les plus tapageuses. Que pensez-vous, lui dis-je, de la dernière lettre du Roi? Il me répondit sans hésitation : « Ils l'ont mis dans l'impossibilité de faire le bonheur de la France, et dans la nécessité de se retirer. Je ne croyais pas suffisamment à l'égoïsme de l'ambition. Je pensais que l'illustre exemple de Monsieur le Comte de Paris entraînerait les anciens partisans de sa famille. C'était compter sans les vieux restes d'une faction toujours aussi avide et aussi indisciplinée dans son impuissance croissante. Les malheureux! ils n'ont pas eu pitié de la France; ils ne l'ont pas encore trouvée assez bas! Ils l'ont vouée sans hésitation à une nouvelle série d'épreuves. Vous verrez sous peu une mauvaise copie de l'Orléanisme suivie d'autres copies révolutionnaires, et les mêmes écarts précédant les mêmes désastres. Peut-être faudra-t-il un nouveau coup de foudre pour nous ouvrir les yeux! Peut-être aussi ne les ouvrirons-nous jamais! La réapparition des anciennes folies est d'un augure désespérant. Cela prouve qu'il n'y a plus ni connaissance des faits, ni expérience, et que les malheurs mêmes ne servent à rien. »

QUATRIÈME LETTRE

§ 1.

LE SEPTENNAT.

Le Centre Droit n'ayant pu accommoder le Roi à se Royauté essaya d'y accommoder la République.

Il n'y eut pas surprise. Les chefs du Centre Droit avaient pris leurs précautions pour que la situation ne leur échappât pas, si le Roi se dérobait, et la même commission des Neuf fonctionnant sans relâche pour monter le nouveau rouage sitôt imaginé, prouva aux moins clairvoyants que le refus du Roi avait moins étonné et dérangé les habiles qu'on ne le croyait.

L'exécution du projet se poursuit avec une promptitude qui prouve l'excellence de la préparation. Les ambassades commencent et se croisent. C'est la régence, c'est la lieutenance-générale qu'on offre successivement à Monseigneur le Comte de Paris, à Monseigneur le Prince de Joinville, souvenirs significatifs de 1830. On eût dit qu'il s'agissait de suppléer un roi mineur ou frappé d'aliénation mentale.

Dérouté sur ce point (la réconciliation du Roi avec ses

cousins était définitive), on s'imagine de faire avec un Bayard que rien ne forçait à être un Richelieu ce qu'on n'avait pu obtenir de la maison de France. Il n'y a plus que l'étiquette du gouvernement sur laquelle on hésite ; on en agite d'étrangères (1).

Une telle célérité étonne les naïfs. La belle merveille ! les chefs de l'Orléanisme se contentaient de rentrer dans les vieilles ornières ! !...

Le Septennat, c'est 1830 amoindri, 1830 décapité, 1830 moins un prince et l'apparence de vie qu'il prêta â l'anarchie en la soutenant ; disons le mot, 1830 mort-né. Ici, du moins moralité et succès marchèrent de pair.

Quel était le devoir impérieux des royalistes en face de cette audacieuse tentative de retour à un régime de fantaisie funeste ?

Leur conduite était toute tracée par celle de leurs adversaires. Loin d'avoir à concourir à l'organisation d'un pouvoir dirigé contre eux, contre le Roi, contre la France qui a besoin du Roi pour se relever, ils devaient mettre à le repousser le même zèle que des hommes aveugles mettaient à l'introduire.

Aussi, quand après la panique inouïe où les avait jetés la lettre du 27 octobre, panique tellement incroyable que la Monarchie plus resplendissante que jamais avait été mise de côté par eux pour l'inconnu, ils eurent juré au maréchal de Mac-Mahon de le soutenir et prorogèrent ses pouvoirs, leur tâche fort difficile, nous le savons, se dessina nettement comme double : d'abord obligation de faire honneur à leur parole en maintenant le Maréchal au pouvoir, et en lui donnant les moyens de s'y défendre ; ensuite, obligation non moins absolue, d'une part, de ne pas laisser glisser le pouvoir des mains d'un brave soldat entre des mains moins sûres, d'autre part, de ne pas laisser élever par une organisation gouvernementale une bar-

(1) Il fut parlé, et l'on dit même avec un illustre patronage, avec le patronage de M. Guizot, de Stathoudérat !

rière définitive (aussi définitive que de pareilles intelligences et de pareils obstacles sont susceptibles de définitif), entre la Nation et le Roi.

Qu'advint-il le jour où, après mille chinoiseries, des marches et contre-marches perpétuelles, des projets édifiés la veille, détruits le lendemain, et toute l'agitation ridicule qui convenait à un nouvel enfantement de Constitution où, après donc ces beaux prodiges de stratégie parlementaire, le chef du ministère actuel (1), l'un des principaux tenants de l'Orléanisme, invita les royalistes à ne pas remplir leur second devoir, et à saper eux-mêmes le principe dont ils étaient les gardiens. Leur honneur, leur propre intérêt, celui de la France ne leur permettaient pas de balancer. Placés entre la rupture de la majorité de Droite et un nouvel escamotage de la Royauté, ils optèrent pour la rupture de la majorité de ce 24 Mai complétement dépourvu de sens, depuis qu'il n'était plus la préface de la Monarchie, mais un acte d'hostilité personnelle contre M. Thiers, mais une revanche de l'ambition contre l'ambition (2). Quelle fut d'ailleurs la véritable part des responsabilités dans la rupture de majorité ? Sans les lois constitutionnelles, sans la tentative d'organisation de 1830, la majorité du 24 Mai subsistait. On a voulu se servir des complaisances de l'Extrême Droite à l'égard du Ministère et de son désir de le soutenir sur le terrain social pour l'entraîner sur le terrain politique. L'Extrême Droite s'est refusée au rôle de dupe. Est-ce que le défaut de clairvoyance et d'énergie serait obligatoire pour les royalistes?...

Quant à l'avenir que je prédisais au Septennat et aux

(1) M. le duc de Broglie.

(2) Pour exécuter plus tard tous les plans de M. Thiers et faire absolument tout ce qu'il désirait, il n'était nul besoin de le renverser. Au 19 mai 1874 le sens attribué au 24 Mai 1873 par le Centre Droit s'éclaircissait et se coordonnait admirablement avec les plans généraux des chefs du parti. Un simple dépit d'ambition, le désir de se venger d'un refus de portefeuilles, tel était donc le mobile d'une victoire qu'on avait cru longtemps remportée au profit de la Monarchie et sur les passions révolutionnaires.

promesses de vitalité que je lui attribuais, voici ce que je lis dans mon journal de 1873 :

« Qu'importe qu'un pouvoir soit anti-politique et anti-historique; que sa nature soit d'être différent de tous les pouvoirs établis jusqu'à ce jour ; que non content d'être en opposition avec l'universalité des traditions gouvernementales connues, il heurte de préférence, parmi elles, les traditions nationales; qu'il soit sans précédent, sans base, sans autre nom que la plus bizarre étiquette des fantaisies d'anarchie. A défaut d'autre barrière il est celle qu'on imagine actuellement contre le Droit. Un tel mérite supplée à l'histoire et à la raison, à ce qui est un gage de force et de stabilité. Jadis les esprits, en quête de nouveauté, trouvaient une République puis un Empire auxquels ils décernaient successivement l'immortalité. Ils se rabattaient ensuite sur une Royauté révolutionnaire, dont ils égalaient la durée à celle de la maison d'Orange. Trompés dans tous leurs songes, chassés de l'un après l'autre, ils se réfugient aujourd'hui honteusement dans une situation à laquelle ils n'osent demander qu'un abri transitoire ; si tant est qu'on puisse décorer de ces deux mots pourtant bien humbles un pouvoir qui réunit contre lui la logique du passé, l'audace des programmes à la mode, toutes les chances, toutes les combinaisons de l'avenir » (1).

Je connais beaucoup de naïfs qui, toutes les fois que j'avais de nombreux arguments à leur opposer contre le Septennat, ne manquaient pas de répondre : Vous êtes légitimiste et vous vous plaignez du gouvernement qui conduit à la Monarchie. Je ripostais invariablement : le Septennat veut dire tout, excepté sept ans en attendant la Monarchie; le Septennat est le train rapide vers la République et l'Empire, s'il n'est pas déjà la République et l'Empire ou la République conduisant à l'Empire.

(1) Le *Journal de Paris* faisait dire sur un ton triomphant au vice-président du Conseil : « On m'accuse de ne fonder ni la Monarchie ni la République ; je fonde le Septennat. » Si jamais le mot a été prononcé, qu'en pense celui qui l'a prononcé?

J'ajoute aujourd'hui : Vous avez déjà le premier de ces gouvernements, Messieurs. A quand le second, conséquence du premier?....

Les pas en avant, en arrière, le travail perpétuel sur soi-même du parlementarisme dans toute sa beauté avaient couvert de ridicule un régime politique, burlesque chez nous par son impuissance avec une assemblée de conservateurs, d'un effroyable péril et peut-être la mort de la nation avec une assemblée de radicaux. Les meneurs de la Chambre avaient trouvé insuffisante la Monarchie séculaire représentée par l'un des princes les plus augustes de l'Europe, et ils se complaisaient dans l'impuissance et dans les jongleries, désireux de prouver, sans doute à leur manière, qu'à l'heure actuelle, tout était possible excepté la logique, la force et la grandeur. On avait « avec les luttes stériles du Parlement » le prélude, habituel chez nous, de l'escalade du pouvoir par les multitudes suivie bientôt elle-même, par une déduction rigoureuse, de la domination du sabre. Les Césariens riaient; les honnêtes gens, les royalistes, s'indignaient. On s'attendait à une protestation. Elle vint de haut. Limpide, éloquente, à ciel ouvert, étincelante de bon sens, empreinte de la plus profonde connaissance du temps et du pays, elle fut, par le fond comme par la forme, vraiment royale, et digne de Celui de qui elle émanait.

§ 2

LA ROYAUTÉ CÉSARIENNE.

Ce titre seul est la preuve de la plus insigne mauvaise foi ou la marque d'une ignorance profonde. Royauté en France et Césarisme ont été et sont deux choses entièrement différentes. Pour les confondre, il faut ou dédaigner la vérité jusqu'au mépris de toute pudeur, ou ne s'être jamais occupé de droit public et d'histoire. Je prouverai tout à l'heure à mon honoroble interlocuteur, avec une aisance vraiment trop facile, que s'il y a césarisme, c'est-à-dire absolutisme d'un seul au nom de la souveraineté du peuple, c'est dans son propre camp, dans le camp prétendu libéral qu'il faut le chercher. Un de mes douloureux étonnements, toutes les fois que j'ai à discuter une question politique, est de voir comment toutes les notions ont été faussées. Les partisans de la domination des assemblées jouissent d'un renom de liberté. Or, il n'y a pas de plus grands ennemis de la liberté vraie, de la liberté générale que cette domination. Il lui plaît de s'intituler liberté, c'est despotisme qu'elle devrait dire et despotisme anarchique aboutissant à l'autre forme de despotisme, à César délégué aussi, et représentant du peuple (1), et héritier fatal de la liberté en délire. Mais revenons à la Royauté.

A n'envisager que les époques les plus récentes, je connais deux Royautés, ou plutôt deux transformations de Royautés en France, la Royauté d'avant 89 qu'on appelle la Royauté de l'ancien régime, et la Royauté des temps nouveaux que nous apporta le retour des Bourbons s'étant modifiés avec les besoins de leur époque, comme n'avaient jamais manqué de le faire leurs ancêtres.

Cette Royauté de l'ancien régime est-elle le Césarisme? et le gentilhomme transporte-t-il le passé dans le présent pour être ensuite plus à l'aise dans ses récriminations? Se livrât-il à cette tactique aussi peu nouvelle que déloyale, le procédé serait insuffisant, et ne lui fournirait aucune espèce de preuve. La Royauté de l'ancien régime, qu'il le sache bien, ne fut nullement le Césarisme.

La Monarchie, dit le grand publiciste du XVIIIe siè-

(1) Napoléon Ier disait : « Je suis le délégué, le représentant du peuple. Quiconque m'attaque s'attaque au peuple. » Voilà le Césarisme. Quelle merveilleuse théorie pour l'oppression de la liberté!!!

cle (1), est le gouvernement où « un seul gouverne, mais par des lois fixes et établies ; » le Despotisme le gouvernement où « un seul sans loi et sans règle entraîne tout par sa volonté et par ses caprices. »

Et encore, la nature de la Monarchie, c'est-à-dire ce qui la constitue, est qu'il y ait des « lois fondamentales, « et des pouvoirs intermédiaires subordonnés et dépendants « par où coule la puissance ». La nature du despotisme, qu'il n'y ait à la place des lois fondamentales que le caprice d'un seul, et que ce caprice n'admette pas l'obstacle d'une hiérarchie de rangs et de pouvoirs intermédiaires.

Le principe de la Monarchie, c'est-à-dire ce qui la soutient et la fait agir, est « l'honneur, » le principe du despotisme est la « crainte. »

Ainsi, ni par leur nature, ni par leur principe, la Monarchie d'avant 89 et le Despotisme ne se ressemblent.

J'ajouterai un mot qui ne pouvait être qu'une énigme pour Montesquieu. Jeté au milieu d'un siècle philosophique, épris de la mode que ce siècle de préjugés par excellence avait répandue sur son nom et ses œuvres, il était forcément aveugle à l'égard du caractère éminemment chrétien de la Monarchie française, et de la mansuétude toute paternelle qu'elle en recevait.

Si la Monarchie d'avant 89, la Monarchie de l'ancien régime, paternelle selon les chrétiens, tempérée par d'habiles rouages, selon une philosophie éclairée, n'avait rien de commun avec le césarisme ; si l'obligation pour le souverain de se soumettre à des lois d'où découle toute justice, dans le premier cas, à des lois fondamentales de l'État, dans le second cas, prévenait et empêchait toute fantaisie d'arbitraire, le césarisme ou despotisme se trouva-t-il davantage dans la Monarchie apportée par les Bourbons en 1814 ? La réponse est ici superflue. Tout esprit tant soit peu impartial sait que nos finances, notre influence extérieure, tout ce qui avait été détruit par la Révolution, en dépit ou à cause même de ses nombreuses et éphémères victoires, se

(1) Montesquieu.

releva et se reconstitua avec une rapidité merveilleuse sous les lois du gouvernement le plus libre, (nous craignons de dire le plus libéral, le libéralisme étant à la liberté ce que l'hypocrisie est à la vertu), et le plus équitable qui fût jamais.

La Révolution fut bien heureuse d'avoir cette oasis pour y reposer sa victime. Il est probable que, sans cette halte, la France s'affaissant sous la fatigue, la Révolution eût perdu, avec notre pays, sa meileure proie (1).

Cette Royauté si libre, si moderne dans la meilleure acception du mot, (celle de connaissance du temps où elle s'exerce), si ouverte à toutes les supériorités, si inspirante pour elles, et les encourageant par ses choix comme par ses dons, (l'ère de la Restauration fut la grande époque littéraire et artistique du siècle), est-ce la royauté du Comte de Chambord? ou se forme-t-il du mode de gouvernement applicable à la France actuelle une idée toute différente ?.....

Si la personne du Roi était plus ignorée, s'il ne s'était pas fait autant connaître, on pourrait, à loisir, accumuler sur lui tous les mensonges, et l'écraser sous un monceau de calomnies; mais l'Europe a lu ses lettres toutes brûlantes de l'amour de la France et d'une liberté durable, et chacun peut entendre de sa bouche des paroles où se reflète avec une profonde connaissance des besoins qu'il doit satisfaire, le sentiment de l'union indispensable de la liberté avec l'ordre.

Il ne s'est pas contenté des généralités; il est entré dans les détails, et tout homme ayant un peu réfléchi sur ces questions peut se convaincre dans le petit livre (2) qui devrait figurer sur la table de chaque royaliste, qu'il n'y a pas une prérogative et un avantage essentiels du système représentatif qu'il ne réclame.

Ainsi donc, pour tout esprit non prévenu, le Roi est

(1) En 1814, sous les Bourbons, nous étions déjà demembrés, et qui sait où se serait arrêté ce démembrement.

(2) Correspondance de M. le Comte de Chambord.

demeuré l'énergique partisan des libertés publiques jusqu'au manifeste du 2 juillet 1874. Y change-t-il d'attitude, comme vous le déclarez, Monsieur? S'y montre-t-il partisan d'une Royauté césarienne, comme il vous plaît de l'écrire? Je vais le transcrire, ce manifeste, et examiner, avec vous, si le Roi y a démenti, à son âge et avec son expérience, les promesses de toute sa vie.

« Français,

» Vous avez demandé le salut de notre Patrie à des so-
» lutions temporaires, et vous semblez à la veille de vous
» jeter dans de nouveaux hasards.

» Chacune des Révolutions survenues, depuis quatre-
» vingts ans, a été une démonstration éclatante du tempé-
» rament monarchique du pays.

» La France a besoin de la Royauté. Ma naissance m'a
» fait votre Roi.

» Je manquerais au plus sacré de mes devoirs si, à ce
» moment solennel, je ne tentais un suprême effort pour
» renverser la barrière de préjugés qui me sépare encore
» de vous.

» Je connais toutes les accusations portées contre ma
» politique, contre mon attitude, mes paroles et mes
» actes.

» Il n'est pas jusqu'à mon silence qui ne serve de pré-
» texte à d'incessantes récriminations. Si je l'ai gardé
» depuis de longs mois, c'est que je ne voulais pas rendre
» plus difficile la mission de l'illustre soldat dont l'épée
» vous protége.

» Mais, aujourd'hui, en présence de tant d'erreurs ac-
» cumulées, de tant de mensonges répandus, de tant
» d'honnêtes gens trompés, le silence n'est plus permis.
» L'honneur m'impose une énergique protestation.

» En déclarant, au mois d'octobre dernier, que j'étais » prêt à renouer avec vous la chaîne de nos destinées, à » relever l'édifice ébranlé de notre grandeur nationale, » *avec le concours de tous les dévouements sincères, sans* » *distinction de rang, d'origine ou de parti.*

» *En affirmant que je ne rétractais rien des déclarations* » *sans cesse renouvelées, depuis trente ans, dans les docu-* » *ments officiels et privés qui sont dans toutes les mains ;*

» Je comptais sur l'intelligence proverbiale de notre race, » et sur la clarté de notre langue.

» On a feint de comprendre que je plaçais le pouvoir » royal au-dessus des lois, et que je rêvais je ne sais quelles » combinaisons gouvernementales basées sur l'arbitraire » et l'absolu.

» Non, la Monarchie chrétienne et française est, dans » son essence même, une *Monarchie tempérée*, qui n'a rien » à emprunter à ces gouvernements d'aventure qui pro- » mettent l'âge d'or et conduisent aux abîmes.

» Cette *Monarchie tempérée* comporte l'existence de deux » Chambres, dont l'une est nommée par le souverain dans » des catégories déterminées, et l'autre par la nation, selon » le mode de suffrage réglé par la loi.

» Où trouver ici la place de l'arbitraire ?

» Le jour où, vous et moi, nous pourrons face à face » traiter ensemble des intérêts de la France, vous appren- » drez comment l'union du Peuple et du Roi a permis à la » Monarchie française de déjouer, pendant tant de siècles, » les calculs de ceux qui ne luttent contre le Roi que pour » dominer le Peuple.

» Il n'est pas vrai de dire que ma politique soit en dé- » saccord avec les aspirations du Pays.

» Je veux un pouvoir réparateur et fort ; la France ne » le veut pas moins que moi. Son intérêt l'y porte, son » instinct le réclame.

» On recherche des alliances sérieuses et durables ; tout » le monde comprend que la Monarchie traditionnelle peut » seule nous les donner.

» Je veux trouver dans les représentants de la Nation

» des auxiliaires vigilants, pour l'examen des questions » soumises à leur contrôle ; mais je ne veux pas de ces » luttes stériles de Parlement, d'où le souverain sort, trop » souvent, impuissant et affaibli : et, si je repousse la » formule d'importation étrangère, que répudient toutes » nos traditions nationales, avec son Roi qui règne et qui » ne gouverne pas, là encore je me sens en communauté » parfaite avec les désirs de l'immense majorité, qui ne » comprend rien à ces fictions, qui est fatiguée de ces » mensonges. »

» Français,

» Je suis prêt aujourd'hui comme je l'étais hier.

» La maison de France est sincèrement, loyalement » réconciliée. Ralliez-vous, confiants, derrière elle.

» Trêve à nos divisions, pour ne songer qu'aux maux » de la Patrie ! N'a-t-elle pas assez souffert? N'est-il pas » temps de lui rendre, avec sa Royauté séculaire, la pros- » périté, la sécurité, la dignité, la grandeur, et tout ce » cortége de libertés fécondes que vous n'obtiendrez jamais » sans elle ?

» L'œuvre est laborieuse, mais, Dieu aidant, nous pou- » vons l'accomplir.

» Que chacun, dans sa conscience, pèse les responsa- » bilités du présent, et songe aux sévérités de l'histoire. »

Je suis bien obligé, Monsieur, d'entrer dans une explication de ce superbe langage que, sans le citer intégralement, vous ne comprenez pas, et, surtout, ne faites pas comprendre à vos lecteurs.

Dans les trois premiers paragraphes se trouvent l'avertissement au pays de ne « pas se jeter dans de nouveaux hasards, en adoptant « une solution temporaire ; » la nécessité de la Monarchie proclamée par la persistance des troubles et des bouleversements, quand on s'est écarté d'elle ; l'avantage pour la Monarchie d'être mise à l'abri des Révolutions par le principe de l'hérédité. « Ma naissance m'a fait votre Roi (1) ; » toutes vérités tellement banales qu'il n'y a que divagation sans valeur, et au rebours de la moindre connaissance historique à leur opposer.

Puis vient l'explication de sa conduite personnelle où le Roi ne laisse plus aucun subterfuge à ses ennemis, et s'explique sur des calomnies, hélas ! pour le bon sens et l'intelligence française mille fois réfutées.

Quoi de plus vrai ? son silence, sa parole ; tout est accusé ! Il faut les piéges qu'on ne cesse de tendre à la bonne foi et à l'honnêteté pour qu'au nom de « l'honneur », ce principe de la Monarchie, selon Montesquieu, Il proteste contre des allégations mensongères toujours renaissantes ; contre une « distinction de rang, d'origine ou de parti » qui présiderait à la distribution des emplois et des honneurs ; contre une soi-disant rétractation de ses précédentes et nombreuses déclarations ; contre des rêves de « combinaisons gouvernementales basées sur l'arbitraire et l'absolu. »

Ces derniers mots sont explicites et ne laissent place à aucune espèce d'ambiguïté. Cherchez plutôt ici, Monsieur, la Royauté césarienne.

« Non, la Monarchie chrétienne et française est, dans » son essence même, une Monarchie tempérée qui n'a rien » à emprunter à ces gouvernements d'aventure qui pro- » mettent l'âge d'or et conduisent aux abîmes. »

Ici, vous vous récriez contre l'existence de deux Chambres, dont le Roi proclame la nécessité. Mais, que désirez-vous, Monsieur ? — Trois Chambres comme sous le premier Empire, lorsqu'il possédait le Tribunat. — Vous affirmez que toute la question de liberté est dans le choix du pouvoir

(1) L'*Officiel* nous apprend qu'il y eut, en cet endroit, des clameurs de la gauche ; s'adressaient-elles à l'étrangeté de la prétention ? Cette prétention si étrange nous a permis de vivre neuf siècles sans bouleversements dans la transmission du pouvoir : ce qui est sans doute d'un prix médiocre pour Messieurs les radicaux.

appelé à déterminer l'origine et les attributions des Chambres; et vous ajoutez, assurément sans en rien croire, « est-ce que Monseigneur entend se réserver le pouvoir constituant? » Vous savez pourtant que Monseigneur n'entend régler les attributions constitutionnelles qu'avec le concours du pays représenté par les Chambres. Avez-vous oublié l'axiome constant de la Monarchie : « *Lex fit consensu populi et regis?* » Voyez-vous encore dans cet axiome, d'après lequel Peuple et Roi concourent à la loi, la « Royauté césarienne? »

Y voyez-vous le pouvoir constituant réservé au Roi?.....

Vous êtes choqué par cette phrase :

« Le jour où vous et moi nous pourrons face à face
» traiter ensemble des intérêts de la France, vous appren-
» drez comment l'union du Peuple et du Roi a permis à la
» Monarchie française de déjouer, pendant tant de siècles,
» les calculs de ceux qui ne luttent contre le Roi que pour
» dominer le Peuple. »

Ce face à face vous tourmente et vous paraît suspect. Face à face avec le peuple, mais, dites-vous, c'est la théorie césarienne, la théorie de Napoléon III. Lui aussi demandait à être face à face avec le peuple, et c'est pour s'exempter de trouble dans l'effusion de ce tête-à-tête qu'il prit le moyen le plus simple et le plus efficace : celui de supprimer la représentation nationale. « Monseigneur, ajoutez-vous avec des airs risiblement craintifs, voudrait-il imiter Napoléon III et le coup d'État? »

Malheureux!... Y songez-vous! Pouvez-vous honnêtement soupçonner le Roi de vouloir se mettre à la suite des Cromwell et des Bonaparte? Ignorez-vous que celui que vous insultez par votre méfiance n'a jamais permis le moindre vague, le moindre détour à sa parole; que sa loyauté, que son désintéressement sont attestés par ses plus mortels ennemis (1); qu'il ne hait rien à l'égal du

(1) « C'est un témoignage que nous devons rendre à M. le Comte » de Chambord; ce représentant du droit monarchique, ce prétendant » à la Royauté selon Dieu est tout d'une pièce. Il est immuable dans » son attitude comme dans son langage. » (*République française*, 30 janvier 1872).

mensonge, et, qu'encore dernièrement, il l'a prouvé en refusant un trône plutôt que de s'y asseoir avec une apparence de duplicité que vous lui conseilliez(1). Vous ne le savez que trop, car tel est le véritable mobile de toutes vos rancunes : quand le Roi parle de traiter directement avec le Peuple, il s'agit pour lui d'échapper à ces intermédiaires déloyaux, à ces manéges coupables, à cette oligarchie ambitieuse et n'ayant rien oublié qui s'interpose entre la Royauté et la Nation, et qui n'ayant pu, au mois d'octobre 1873, conquérir la première de ces puissances et faire de son représentant un roi fainéant de coterie parlementaire, aujourd'hui se retourne vers la seconde pour la façonner à sa guise, et l'employer à ses desseins.

Aussi, quoi de plus réfléchi, quoi de plus politique, quoi de plus conforme à nos besoins, à ce que nous avons été et à ce que nous sommes que le passage suivant :

« Il n'est pas vrai de dire que ma politique soit en désaccord avec les aspirations du pays.

» Je veux un pouvoir réparateur et fort. La France ne le veut pas moins que moi. Son intérêt l'y porte, son instinct le réclame. »

Je néglige ce que chacun de nous a entendu mille fois répéter dans les campagnes, dans les villes, sur le besoin d'un maître. Je n'éprouve même aucune utilité à rappeler que le maître exagéré, le maître impérieux et arbitraire, le dictateur a été salué avec enthousiasme après toutes les époques d'omnipotence des assemblées, et de leur tumultueux et incohérent empire, au 18 Brumaire (les 9 et 10 novembre 1799), au 2 décembre 1851. Je prends mon point de vue de plus haut, et je porte hardiment ce défi ! Connaissez-vous une seule période dans nos annales où l'absence d'un pouvoir fort ait coïncidé avec la prospérité intérieure et l'influence extérieure du Royaume ? Quelles sont au contraire les époques où la France progressait au dedans et élargissait au

(1) La duplicité au sujet du drapeau. Le Centre Droit voulait faire croire à l'acceptation définitive des couleurs de la Révolution par le représentant du Droit.

dehors le cercle de son influence morale et les limites de son territoire ? Quelles sont les époques qui ont fait la France ce qu'elle est, ou, plutôt, ce qu'elle était, avant qu'elle ne commençât à décroître sous l'anarchie révolutionnaire ? Ce sont les règnes de Philippe-Auguste, de Charles V, de Louis XI et de Louis XIV, tous princes pénétrés de la nécessité nationale de leur suprématie, et ne permettant pas qu'on y touchât (1). Or, s'il est vrai de dire que, sous le rapport des temps, des mœurs, du caractère, de l'état de la société, des personnalités mêmes, il y a autant de différence entre ces monarques et l'aîné actuel de leurs rejetons qu'entre chacun de ces princes en particulier, toujours est-il qu'un caractère politique qui se lit à toutes nos pages glorieuses, et en est l'accompagnement indispensable, ne doit pas être supposé superflu, et sans une profonde raison d'être. Le Roi en demandant de gouverner, non pas absolument, (il n'y a que l'imagination de ses ennemis pour lui prêter de pareils désirs), mais de gouverner, mais de n'être pas le jouet de ses ministres, mais de n'être pas, entre leurs mains, une pure machine à signatures, mais de n'être pas roi soliveau, se conforme donc aux traditions françaises, en ce qu'elles ont d'immuable. Le mode du pouvoir a souvent changé, jamais la force elle-même du pouvoir.

A la veille peut-être d'être victime des convoitises insatiables, de la haine toujours inassouvie de la Prusse et de son arrogance croissant avec les bassesses et les humiliations de notre diplomatie (2), il est impossible de se dérober à un profond sentiment d'amertume, quand on lit cette phrase :

(1) Philippe-Auguste réunit à la Couronne l'Artois, le Maine, la Normandie, la Touraine, l'Anjou, le Poitou. Charles V reconquiert sur les Anglais la France une première fois perdue. Louis XI prend à la féodalité la Bourgogne, l'Artois, l'Anjou, le Maine, la Provence, le Roussillon et la Cerdagne. Louis XIV s'empare de l'Artois, de la Flandre, de la Franche-Comté, de l'Alsace, première province arrachée à la France depuis son unité.

(2) La question d'Orient se résolvant sans nous, il est difficile d'admettre qu'elle ne se résolve pas contre nous. L'alliance étroite de la France et de la Russie, l'alliance de la Restauration pouvait seule nous éviter ce nouveau surcroît de ruines. J'espère que nous n'aurons pas à le déplorer, mais que les grandes questions extérieures sommeillent.

« On recherche des alliances sérieuses et durables ; tout le monde comprend que la Monarchie traditionnelle peut seule nous les donner. »

Je connais tous les sophismes accumulés sur ce point. Mais, à la réserve de la Prusse et de l'Italie intéressées à voir d'un mauvais œil la fin de notre isolement et le commencement de notre retour à notre ancien rang (1), à la réserve de la Prusse et de l'Italie que le Roi se fût bien gardé de provoquer par une imprudence mieux sentie par lui-même que par nul autre (2), quelle différence il dépendait de nous d'apporter dans nos rapports avec les divers Etats ! Privés de clairvoyance par les utopies du désordre, le chancelier de l'empire allemand s'était chargé de nous la rendre, nous instruisant avec un sans-façon et une audace qui font peur (3). Le vieux bon sens français n'aurait pas eu besoin de sa leçon. Il aurait tout de suite compris qu'autant la République effraye les trônes d'hérédité, autant l'hérédité la plus antique et la plus vénérable de l'Europe ne peut manquer de les rassurer. Je n'ignore pas que l'évidence de notre bon droit et la crainte des accroissements sans bornes de notre ennemi nous ont, au printemps dernier, concilié de puissants suffrages ; mais avec une République toujours près de glisser dans le radicalisme, selon qu'il appartient à la nature et à l'essence même de la République en France, sommes-nous assurés d'avoir demain les sympathies d'aujourd'hui, et sans sym-

(1) Le grand Prussien Frédéric II disait : « Si j'étais Roi de France, je ne souffrirais pas qu'on tirât un coup de canon en Europe sans ma permission. » Aujourd'hui, après plus de quatre-vingts ans de Révolution, la France n'est même plus une grande puissance.

(2) Lire la lettre du Roi au Vicomte de Rodez-Bénavent.

(3) Dans la correspondance du chancelier avec M. d'Arnim, correspondance révélée en partie par les débats du fameux procès, il est dit formellement, qu'avec la Monarchie, l'Allemagne eût été contrainte de faire à la France des conditions meilleures.

Il y a deux choses que M. de Bismarck aime dans la République Française : l'impossibilité pour la France de se relever, la haine du catholicisme. Il pourrait craindre la contagion socialiste. Il attend que nous en soyons là pour achever de nous écraser aux applaudissements de l'Europe.

pathies, délaissés, à quels abîmes nouveaux ne nous condamnons-nous pas ? Il ne faut pas oublier, qu'en 1814 et en 1815, nous étions démembrés deux fois sans la Maison de Bourbon. Cette même maison n'était plus là pour nous protéger en 1871, et Dieu seul sait, dans quelle mesure, notre rançon en a été accrue. Plus d'hérédité sur le trône, plus même de Monarchie : franchement la tâche est trop aplanie pour M. de Bismarck, et c'est à peine si, désormais, il y aura lieu de s'étonner de ses triomphes.

Après avoir traité des alliances, le Roi revient à la question du pouvoir, principal objet de son manifeste.

« Je veux, dit-il, trouver dans les représentants de la » Nation des auxiliaires vigilants pour l'examen des questions soumises à leur contrôle, mais je ne veux pas de » ces luttes stériles de Parlement, d'où le souverain sort » trop souvent impuissant et affaibli ; et si je repousse la » formule d'importation étrangère, que répudient toutes » nos traditions nationales, avec son Roi qui règne et ne » gouverne pas, là encore je me sens en communauté par» faite avec les désirs de l'immense majorité qui ne com» prend rien à ces fictions, qui est fatiguée de ces men» songes. »

Le Roi veut trouver « dans les représentants de la Nation des auxiliaires vigilants », il est donc partisan d'un contrôle scrupuleux, il est donc, nous en avons une nouvelle preuve, roi constitutionnel.

Le Roi ne « veut pas de ces luttes stériles de Parlement d'où le souverain sort trop souvent impuissant et affaibli. » Il ne veut donc pas de la suprématie des Parlements, il ne veut donc pas de la suprématie parlementaire, en d'autres termes, de la souveraineté du peuple.

Qu'on aille, en effet, au fond de ces doctrines ; qu'on essaye d'en mesurer avec l'étendue tout le danger, pour peu qu'on ne soit pas étranger à la réflexion, on ne tardera pas à se voir obligé de les formuler d'une des deux manières suivantes aboutissant à la même conclusion :

Ou bien,

Les droits de la Nation sont supérieurs à ceux du Roi.

Alors les droits des représentants substitués à ceux de la Nation l'emportent sur ceux du Roi.

Ou bien,

Les droits du Parlement sont supérieurs à ceux du Roi. Alors le Parlement ne tenant ses pouvoirs que de la Nation, c'est la Nation en définitive qui est souveraine; c'est la souveraineté populaire qui revient uniformément, et est contenue dans la souveraineté parlementaire.

Ainsi, qu'elle précède ou suive; qu'elle soit invoquée expressément ou résulte de la logique des prétentions, c'est toujours la souveraineté populaire qui est en question.

Or, nulle théorie n'a été plus funeste à la France depuis que, mise à la mode, il y a un siècle par les livres d'un philosophe trop célèbre (1), elle a enflammé les imaginations du peuple le plus impressionnable, le plus mobile, le plus épris de nouvauté qui fût jamais; et plus ou moins pratiquée, chez lui, est devenue, selon son degré d'application, cause de désordres plus ou moins affreux.

Les désordres seront-ils moindres dans l'une de ses souverainetés que dans l'autre ? Différence difficile à saisir (2). D'abord parce que ces deux souverainetés se confinent et s'entraînent l'une l'autre, ensuite, parce que, remontant à la même source : le peuple, elles sont affectées des mêmes vices inhérents au peuple : la mobilité, l'ignorance, le passage de l'engouement à la haine, de la fureur à l'indifférence; l'amour de la licence aujourd'hui, et demain la passion d'être gouverné.

Et les mêmes vices et les mêmes défauts ne cessant pas de se continuer et de se relayer, la France, depuis qu'elle est soumise aux deux modes de souveraineté populaire, fait l'effet d'un malheureux qui tournerait toujours dans le même cercle, sans que rien ne pût l'en arracher.

(1) Rousseau.

(2) Il faut bien se garder de croire que la souveraineté ou suprématie parlementaire existe chez les Anglais. Demandez-leur si le Roi est au-dessus du Parlement ou le Parlement au-dessus du Roi ? Ils vous répondront que « le Parlement et le Roi réunis forment la souveraineté. » (J. de Maistre. *Le Pape.*) Le peuple anglais tient autant à son Roi qu'à son Parlement.

Voyez plutôt son histoire, depuis les premières journées révolutionnaires de 89 (1), celles où commence à se manifester le règne exclusif de ce qu'il est convenu d'appeler le peuple.

La première Assemblée renfermait les plus beaux talents, mais l'absence de direction royale la livre à tous les courants contraires, et l'épithète de Constituante devient, pour elle, dans la postérité, une épigramme éternelle. La Législative glisse rapidement sur la pente de l'anarchie, vers le plus affreux despotisme, le despotisme des masses incarné dans quelques scélérats ivres de domination et d'excès, et irresponsables. La Convention réalise bien cet idéal de suprématie des Assemblées. Cette puissance qui réunit l'arbitraire sanglant des plus féroces Césars aux troubles des États populaires les plus agités, demeure frappée au signe tout particulier du crime et de la démence. Les Chambres du Directoire se font remarquer ou par la bassesse avec laquelle elles se traînent dans l'ornière déjà vieillie et usée de la Révolution pourtant d'hier, ou par des signes de réveil et d'aspiration au vieux droit que les dictateurs se hâtent d'étouffer. Ils voulaient dominer ou jouir; jouir avec Barras, dominer avec Bonaparte ; et le despotisme orageux des Assemblées leur avait ménagé une trop belle proie pour qu'ils la laissassent échapper. « Repose-toi en paix et sers », s'écrie le plus illustre des dictateurs, celui que la gloire avait fait Roi, et la France ne sort des rares repos dont elle jouissait, à l'ombre de l'épée, que pour se faire égorger en masse sur les champs de bataille. Les Bourbons nous apportent cette liberté dont on les accusait d'être les plus mortels ennemis, et que nous avaient toujours refusée

(1) Ici deux remarques essentielles : 1° Il importe de ne pas confondre le mouvement initial de progrès de 1789, mouvement sublime dont la Royauté avait pris l'initiative, avec le désordre dans les esprits et dans la rue qui suivit. Rien de commun entre les progrès amenés par le temps et les rêves de la souveraineté populaire; 2° Je mettrais la fin du règne du Roi et du Peuple, et le début du règne exclusif du Peuple au 20 juin 1789, où les mandataires de la Nation refusèrent de reconnaître l'autorité royale.

les diverses formes de souveraineté populaire directe ou indirecte; mais, soit aliénation exagérée de leur pouvoir, soit, plutôt, erreur funeste d'avoir voulu copier l'Angleterre dans un pays tout différent et l'absence de direction royale sans la compensation du lourd contre-poids aristocratique, l'alliance si belle caressée par eux, par Louis XVIII, par Charles X, l'alliance des deux principes l'autorité et la liberté échoue misérablement sur la suprématie parlementaire (1). Quand celle-ci a bien usé la Royauté de son choix et de sa propre usurpation, en lui faisant sentir sa dépendance, en l'abreuvant d'amertumes et la couvrant d'humiliations, les baïonnettes intelligentes reparaissent dans un but différent de celui qu'elles poursuivaient il y a dix-huit années, et le roi de la barricade est emporté. Depuis lors, les Assemblées souveraines, qui parurent avant et après le mutisme de dix-huit années d'Empire, œuvres du Parlementarisme comme le sommeil est le produit de la fatigue, ne se signalèrent que par leur impuissance politique, parce qu'elles furent bonnes. Le jour où elles seront mauvaises, n'est-il pas à craindre qu'elles complètent les ruines de la patrie, et couronnent l'œuvre de la Révolution en détruisant la France!!!...

A aucun prix, le Roi ne peut être complice d'un pareil désordre et d'une pareille désertion des traditions nationales. Mais, parce qu'il refuse d'être anarchiste ou de s'associer aux anarchistes, est-ce un motif pour qu'il rejette le contrôle scrupuleux, le secours des Assemblées? Je suis contraint de répéter à ceux qui ont des oreilles pour ne pas

(1) Charles X était irresponsable; cette irresponsabilité fictive, bien qu'inscrite dans la loi et vantée par les parlementaires, ne l'empêcha pas d'être chassé. Je ne vais pas jusqu'à l'argument : un Roi avait octroyé la Charte, un autre pouvait la retirer. Mais, du moment où les passions les plus subversives avaient enfermé avec la plus insigne mauvaise foi et la plus perfide habileté, comme dans un champ clos, la Royauté et la Charte appelées par le bien de la Nation au plus parfait accord, pouvait-on sans ridicule, traiter sur le même pied l'antique principe de l'hérédité royale et l'article d'une constitution, née d'hier? La Royauté avait fait ses preuves en édifiant la France. La Charte ne les avait pas faites.

entendre : que le Roi ne veut régner que constitutionnellement, que conformément aux déclarations de toute sa vie. Toutefois, qu'on n'exige pas de ses lumières et de son expérience l'imbécillité, du moins chez nous, et le laisser-faire du roi de nom. Il sait que l'efficacité de nos Assemblées est liée à leur sage direction, et que si cette direction ne part pas du trône, elle viendra de la partie la plus haineuse, la plus agitée, la plus malsaine, la plus grossière du peuple.

En un mot, Monsieur, pour éviter à la France ce que vous accusez la Royauté d'être, pour éviter à la France le césarisme d'en bas avec Robespierre et Delescluze, prélude inévitable du césarisme d'en haut avec Bonaparte, pour barrer le chemin à toutes les formes de souveraineté populaire, il veut la Royauté française, la Royauté à la fois antique et moderne, antique par ses racines plongeant dans la nuit des âges, moderne par son amour et sa connaissance du progrès, et surtout et toujours, une royauté chrétienne et de contrôle.

Que signifient après cela les misérables arguties où se traîne l'auteur des soi-disant *Responsabilités* ?........ J'ai tort de dire qu'il se traîne. Il glisse plutôt, et court sur les arguments avec un art suprême, non pour y répondre, mais pour vous échapper. Je vais tâcher d'en saisir plusieurs au vol, et de leur opposer une réponse, d'où il ne puisse se tirer par aucun faux-fuyant.

Objection. En n'acceptant pas l'esprit de la formule « le Roi règne et ne gouverne pas, » le comte de Chambord repousse la responsabilité ministérielle. Or, repousser la responsabilité ministérielle, c'est gouverner en César, à la Louis XIV.

Réponse (1). La responsabilité ministérielle, telle qu'elle

(1) On ne peut comparer une minute la responsabilité ministérielle anglaise à la responsabilité ministérielle française. Il ne viendra jamais à l'esprit d'un Anglais d'attenter à l'inviolabilité de la prérogative royale. En France, cette inviolabilité parlementaire sera souvent contestée et jamais prise au sérieux. Imagine-t-on la responsabilité ministérielle anglaise fonctionnant dans un pays de démocratie sans respect sans principes et sans frein ???

est organisée et surtout comprise en France, c'est la toute-puissance des Chambres ; la toute-puissance des Chambres c'est la souveraineté du peuple, ainsi que nous l'avons établi. D'un autre côté, la responsabilité des ministres devant le Roi n'est plus la Royauté constitutionnelle.

Le Roi ne pouvant pas plus accepter l'une de ces solutions que l'autre, il reste à en trouver une intermédiaire (1). Quant au rapprochement du césarisme de la Royauté actuelle et de la Royauté de Louis XIV, il s'en faut de beaucoup que Henri V réclame un pouvoir égal à celui de son aïeul, mais, lors même qu'il le revendiquerait, l'ancienne Monarchie française serait-elle le césarisme? N'oublions pas la définition d'un philosophe qui la connaissait mieux que nous l'ayant sous les yeux : « La Monarchie est » le gouvernement où un seul gouverne, mais par des lois » fixes et établies. »

Résumé. Louis XIV n'a rien de commun avec César, et le Roi, sans vouloir être Louis XIV, ne peut accepter, avec la responsabilité ministérielle actuelle, la souveraineté des Assemblées ou la souveraineté populaire.

Objection. Fiction pour fiction, comment oser préférer la fiction de l'ancienne Monarchie d'après laquelle le Roi gouvernait, à la fiction moderne d'après laquelle il règne.

Réponse. En pratique, je ne donne aujourd'hui la préférence à aucune de ces fictions. Je les repousse toutes deux également (2). Ce que je veux, c'est, pour le Roi, la réalité de la direction, pour les Chambres, la réalité d'un contrôle des plus exacts et des plus circonstanciés.

(1) Voir l'*Union* du 3 août 1874. Il y a là, longuement développé, un projet de responsabilité ministérielle qui me paraît très-sage.

(2) Si je n'avais qu'à prononcer un jugement, on pense bien, je l'espère, que je le ferais dans un tout autre sens. Le système de l'ancienne Monarchie, si défectueux qu'on le suppose, a duré, chez nous, tant de siècles, la responsabilité des Ministres devant le Parlement, si admirable qu'elle soit en Angleterre, a été chez nous si éphémère, qu'il y aurait à la fois injustice et aveuglement à comparer ces deux régimes dans leur application à notre pays.

Objection. Monseigneur est pour la Royauté césarienne des Louis XV et des Napoléon III, et néanmoins, il est « dans ses préférences tellement de bonne foi qu'il termine ainsi son manifeste » :

« Que chacun, dans sa conscience, pèse les responsa-
» bilités du présent, et songe aux sévérités de l'histoire. »

Réponse. Si le Roi est de bonne foi, l'êtes-vous, Monsieur ? Pensez-vous que le Roi osât conclure par ces graves paroles, lui le type de la loyauté et de la sincérité, si son manifeste contenait le programme, ne disons pas de la Royauté césarienne, une pareille alliance de mots est un solécisme chez nous, mais de ce césarisme qu'il considère comme la mort de la patrie, et contre lequel il n'a jamais manqué de s'élever ? Roi constitutionnel, mais non roi soliveau, mais non roi serviteur d'un canapé doctrinaire ; voilà ce que Henri de France a toujours tenu et tient encore à être.

Objection. C'est pour faire triompher cette politique de césarisme que les chevau-légers ont rompu, le 19 mai 1874, avec les royalistes constitutionnels.

Réponse. D'abord les chevau-légers n'ont pas rompu avec les royalistes constitutionnels, mais avec les républicains. Tant que les groupes de Droite demeurèrent royalistes constitutionnels, les chevau-légers furent avec eux. Ensuite les chevau-légers n'ont jamais pu songer au césarisme pour cette seule et décisive raison que le césarisme n'avait ni leurs préférences ni celles de leur chef. Tout le contraire du césarisme ; voilà ce qu'a été et ce qu'est encore plus, de nos jours, la Monarchie (1).

(1) L'auteur, désireux de frapper fort s'il ne frappe pas juste, s'en prend un peu à tout le monde. Il accuse M. Louis Veuillot d'être césarien. S'il s'était donné la peine de le lire, et d'apprendre un peu de français dans sa prose, il saurait que M. L. Veuillot n'a jamais été que clérical, défendant l'Empire lorsqu'il semblait vouloir protéger le Pape, attaquant l'Empire, au point de se faire supprimer par lui, lorsque les véritables intentions de Napoléon III à l'égard du Saint-Siége devinrent manifestes.

§ 3.

LES LOIS CONSTITUTIONNELLES.

Vous, Monsieur, qui avez fait du travail que j'examine en ce moment une œuvre de récrimination perpétuelle contre le Roi et le parti royaliste, avez-vous songé à l'imprudence que vous commettiez en écrivant ces mots : les lois constitutionnelles. Quoi ! ce seraient des royalistes, des royalistes tout court, non des royalistes conditionnels connus pour être de meilleur accommodement, ce seraient des royalistes, dis-je, qui auraient constitué, organisé la République ! la République qui, au dire d'un de ses parrains et du plus habile, du premier des anarchistes français (1), n'a jamais abouti qu'au sang et à l'imbécillité, la République qui était, jusqu'au 23 février 1875, synonyme de désordre, et que vous les premiers, Messieurs du Centre Droit, dans un procès-verbal qui vous est cher, déclariez avoir échoué dans son nouvel essai conservateur (2). Et comme le moment aurait été bien choisi !!!.....

(1) M. Thiers, pour qui il ne s'agissait pas encore de la présidence de la République.

(2) Le fameux compte rendu du Centre Droit publié dans les derniers jours d'octobre 1873 et qui motiva la Lettre Royale que le simple bon sens a eu l'honneur d'expliquer. *La Monarchie avant et après la Lettre du 27 octobre*, Féchoz, éditeur, 5, rue des Saints-Pères.

C'est lorsque le Roi attendait à la frontière, lorsqu'il était prêt à sauver la France, en renouant la chaîne de nos traditions, qu'aurait été élevé entre la Nation et Lui le mur regardé jusqu'alors comme le plus pernicieux.

Le respect que nous portons aux décisions de l'Assemblée nous ferme la bouche. Mais si l'ancien bon sens politique existait, si, ce qu'on a longtemps regardé comme les idées les plus sages n'était pas le comble de la démence, et ce qu'on tenait pour les idées les plus folles le comble de la sagesse, si, depuis près d'un siècle qu'il y a des républiques et des empires, dés bouleversements perpétuels et un amoindrissement continu, pour nous, l'union intime que l'on établissait entre ces divers régimes et les catastrophes qui les accompagnèrent, n'était pas la calomnie la plus noire, combien tous ceux qui portent intérêt à la France doivent-ils s'étonner, qu'au lendemain du plus affreux échec extérieur suivi et compliqué au dedans des scènes de vandalisme les plus inouïes et de la guerre civile, une assemblée, en grande majorité de conservateurs, n'ait rien trouvé de mieux pour réparer ses désastres que de s'y enfoncer par le mode de gouvernement en ayant été jusqu'alors inséparable !!....

Vous insistez beaucoup sur la nécessité qu'il y avait de faire quelque chose, et il semble, à vous entendre, que tout fût gagné, si l'on y parvenait. Mais, fallait-il encore que ce quelque chose fût utile, avantageux. S'il devait être nuisible, préjudiciable, mieux valait mille fois qu'il ne fût jamais. A la recherche d'une organisation gouvernementale, vous étiez guidés, je le reconnais, par des mobiles dignes d'éloges : empêcher l'avénement du radicalisme et de l'empire, protéger le Maréchal contre des éventualités redoutables. Si vos ennemis, les nôtres, en cette occasion, sont entravés dans leurs plans par l'obstacle que vous leur opposez, je ne ferai nulle difficulté de vous applaudir. Mais si, loin de se tenir pour battus, radicaux et bonapartistes sont plus triomphants, plus libres et plus audacieux que jamais, que penser des merveilles de votre tactique?

Or, voici ce qu'on entend dire de toutes parts :

Les Radicaux.

« Nous avons le mot, nous aurons la chose. Pas de » déclamation, pas de vantardise. Du silence, de la prépa- » ration, et qu'un jour la France se réveille étonnée d'avoir » une Chambre et un gouvernement de vrais républi- » cains. »

Les Impérialistes.

« Il est vrai que nous préférions arriver directement. » Mais l'histoire nous enseigne que le césarisme a toujours » suivi la démagogie : conformons-nous donc aux précé- » dents. Les pointus, les jaloux, les ambitieux, tous ceux » aussi incapables de rien fonder, que propres à entraver » les autres, se jetteront affolés sous les pieds du cheval de » César qui, au plus fort de l'orgie, lèvera son sabre. Oh ! » que vous aurez bien travaillé, Messieurs les radicaux ! et » vous aussi en remontant plus haut, Messieurs de la » république conservatrice, Messieurs du vestibule de la » vraie république ; (si je ne vous nomme pas c'est pour » ménager votre modestie). Voulez-vous être candidats » officiels ? voulez-vous être inscrits pour les ministères » de l'avenir au jour certain et rapproché de notre re- » vanche???.....»

J'ajouterai :

Les difficultés où vous vous traînez, vos crises ministérielles perpétuelles et unique intérêt de votre politique, votre consommation sans exemple de constitutions et de gouvernements, quatre en quatre ans : pacte de Bordeaux, constitution Rivet, Septennat, République, montrent, avec un nouveau surcroît d'évidence, que le seul gouvernement capable de relever le pays et, même, pour emprunter l'expression dont vous vous servez comme d'épouvantail, que le gouvernement le moins impossible, est celui reposant sur la large base de neuf siècles d'histoire.

La Chambre, qui a eu l'honneur de congédier les Prussiens avec son crédit, et de vaincre la Commune avec son sentiment énergique de l'ordre, a, en outre, doté le pays de trois avantages, retour évident sur les journées révolutionnaires de 89. Ces trois conquêtes que l'Extrême Droite a le plus qualité pour revendiquer, parce qu'elles n'ont jamais cessé de figurer sur ses programmes et d'être réclamées par ses écrivains et ses orateurs, sont deux suppressions des victoires de la souveraineté du peuple et le rétablissement de ce qu'elle avait proscrit. Le licenciement de la garde nationale datant de l'insurrection du 14 juillet 1789, de même que le « drapeau chéri » ; le siége politique rendu à Versailles, qui en avait été privé les 4 et 5 octobre de la même année 1789, enfin la restitution de la liberté de l'enseignement supérieur plaideront la cause de l'Assemblée actuelle auprès de l'avenir, et, sans doute, la gagneront. Mais, s'il n'y avait eu que des membres de votre groupe (1), Messieurs du Centre, aurions-nous aujourd'hui le seul allégement à nos patriotiques angoisses? A défaut d'organisation politique, aurions-nous le point de départ de la réorganisation sociale???.....

Votre prétention que les royalistes ne voulussent rien proposer ni organiser sur le terrain constitutionnel est du dernier puéril. Les royalistes ne proposaient que la constitution des siècles et de la grandeur française accommodée aux progrès du temps et aux libertés modernes. — Rien que cela! Leur demanderiez-vous par hasard l'organisation de la désorganisation, l'essai d'introduction de l'ordre dans le désordre, la recherche de la stabilité dans le chaos, la croyance à ce qui n'est pas et n'a aucune chance d'être, la chimère des chimères.

La fin de votre paragraphe sur les lois constitutionnelles

(1) Les principaux orateurs dans le tournoi sur la liberté de l'enseignement furent Monseigneur Dupanloup et M. Chesnelong siégeant à droite. Les centres furent entraînés plutôt qu'ils ne donnèrent l'impulsion.

est un petit chef-d'œuvre inconscient dont je dois vous remercier. Il n'y a rien d'aussi adorable que la naïveté involontaire. Que le Roi, dites-vous, « se mît, sans condition, à la disposition des mandataires du pays. » Et tout pouvait être sauvé.

Vous voilà bien tout entier, Monsieur. Que le Roi se mît sans condition à la disposition de l'Assemblée, c'est-à-dire qu'il se livrât tout entier, lui, son principe, ses traditions, ses programmes, à la souveraineté de l'Assemblée qui n'est autre que la délégation de la souveraineté du peuple, qui n'est autre que la souveraineté du peuple envisagée sous un aspect, qu'il s'inclinât devant cette souveraineté, devînt son vassal et son homme-lige; et vous, sans doute, Monsieur, vous applaudissiez avec tout votre Centre Droit; mais la France, la France malheureuse et dévouée au respect des traditions, la France qui n'a d'espoir que dans le triomphe de la force et de la supériorité du vieux principe national, que devenait-elle???.....

CINQUIÈME LETTRE

LES PRÉTEXTES

Après avoir apprécié à sa manière, la conduite du Roi et de son parti, depuis 1871, l'apologiste du Centre Droit recherche les principaux mobiles de cette conduite. Bien entendu que les raisons du Roi ne peuvent être que des prétextes. Se refuser à être un instrument orléaniste (1), quelle erreur de jugement, quel signe de l'ignorance des hommes et des choses! Nous allons voir si les preuves sont au-dessus ou à la hauteur de la thèse. Connaissant celui qui la soutient, nous pourrions hardiment et, sans plus long examen, nous prononcer. Notre jugement, pour être plus motivé, ne perdra rien de sa valeur.

§ 1.

LA RÉVOLUTION.

« Personne, écrivait Monseigneur le 25 février 1871, n'obtiendra de moi que je consente à être le roi légitime de la Révolution. »

(1) Il va, sans dire, que le mot orléaniste n'a plus qu'un sens, celui d'ennemi des princes et de rebelle à la fusion, ainsi qu'à la restauration monarchique.

Le gentilhomme s'étonne de ces paroles pourtant si claires et si naturelles. Il a commencé par mettre en doute, non pas en son propre nom, (il a trop de savoir-vivre, et, même, de déférence, le bon apôtre !), mais au nom d'un grand nombre de soi-disant légitimistes, la bonne foi et la sincérité des allégations royales. Puis, il les a rangées ces allégations sous deux chefs principaux : la nature de la Révolution, les emblèmes nationaux.

Monseigneur, dit-il, se rend-il bien compte du mot Révolution !

Ici, une petite leçon tout à fait inutile.

Nous n'éprouvons nul besoin d'apprendre, Monsieur, que le mot Révolution a un double sens dans la langue politique comme dans la langue des sciences ; que, d'après le premier de ces sens, il signifie changement, et, d'après le second, perturbation.

Ce qui nous importe de connaître est, depuis 89, quelle a été la part du changement, quelle a été la part de la perturbation.

La part du changement, elle n'est pas, Dieu merci ! malaisée à établir. Qui ne voit que c'est la liberté des cultes au lieu de la proscription des cultes dissidents, l'égalité devant la loi, devant l'impôt, à la place de l'inégalité, l'admissibilité de tous à tous les emplois, à la place de catégories d'adeptes privilégiés. Nous qui connaissons la hauteur d'âme et l'élévation d'esprit du Roi, nous regarderions comme une injustice criante et un ridicule de notre part de mettre un seul instant en doute son acquiescement à des transformations amenées par le cours des âges. Mais si l'on se méfie de notre appréciation, si l'on n'ajoute pas foi à nos paroles, qu'on se donne, au moins, la vulgaire peine de connaître la personne qu'on accuse, qu'on étudie le Roi dans ses lettres, dans ses déclarations. Je ne crois pas qu'ailleurs il y ait une reconnaissance plus explicite et plus éloquente de toutes les conquêtes modernes.

S'agit-il au contraire de la part de perturbation, il faut y mettre non pas ce qui a été changé au caractère de la Royauté aux XVIIe et XVIIIe siècles, périodes de transition comme toutes les autres périodes possibles de l'histoire, mais ce qui s'est attaqué à la marche constante, aux traditions invariables, et au caractère fondamental de la Royauté en France. Or, voici ce qui était en opposition avec les bases, et l'essence même de notre Monarchie : En théorie, de placer l'un de ces deux pouvoirs Peuple ou Parlement ou, ce qui les embrasse tous les deux, le Peuple au-dessus du Roi ; en pratique, de faire descendre cette supériorité dans le jugement des faits, et d'amnistier toutes les usurpations, toutes les violences, pourvu qu'elles émanassent du souverain le plus ignorant, le plus mobile, le plus capricieux, le plus passionné, le plus impersonnel, et, partant, le plus redoutable qui fût jamais. Que ce nouveau souverain inaugure son règne de désordre le 20 juin, ou, en intimant ses premiers ordres au Roi, par l'organe de Mirabeau, le 23 juin 1789, ou, qu'en 1873, il témoigne du sentiment intime de sa suprématie, en permettant au Roi de ne revenir que sous certaines conditions, il est facile de suivre la même pensée, de saisir les mêmes prétentions, les mêmes tendances, les mêmes préjugés destructeurs. C'est toujours la même déviation nationale ayant pour étapes plus ou moins douloureuses et criminelles le 20 juin (1), le 23 juin, le 14 juillet, les 5 et 6 octobre 1789, le 20 juin, le 10 août, le 21 septembre 1792, le 21 janvier 1793, les 27, 28 et 29 juillet 1830, et, après cette réouverture de l'ère des Révolutions, les dates d'inauguration des régimes de fantaisie libérale ou de dictature qui suivirent.

Or, jamais Henri V ne sera le Roi de cette longue suite d'anarchie, de cette tradition de désobéissance et de dé-

(1) Le 20 juin ou serment du Jeu de Paume peut être considéré comme le point de départ de la désobéissance des mandataires de la Nation à la volonté du Roi. « Le serment du Jeu de Paume, de quelque manière qu'on le juge, demeure dans l'histoire comme un grand acte de rébellion contre l'autorité royale. » Poujoulat, *Histoire de la Révolution française.*

dain, inaugurée, il y a près d'un siècle, à l'égard de tout ce qui avait fait prospérer et dominer la France.

Comprenez-vous maintenant, Monsieur, ce que le Roi veut dire, quand il déclare : qu'il ne sera jamais le Roi légitime de la Révolution. Cela signifie tout bonnement :

Je ne serai jamais le Roi des programmes, des idées, du mouvement insurrectionnel qui, commencé aux fatales journées de 1789, s'est prolongé jusqu'à nos jours pour les dominer et assombrir, et a détourné la nation du mouvement dont, on l'oublie trop, la Royauté avait pris l'initiative.

En un mot :

Tout ce qui est progrès, le Roi le réclame énergiquement.

Tout ce qui est Révolution, c'est-à-dire révolte contre l'autorité, le Roi le repousse, et refuse de le couvrir de son principe.

§ 2.

SUITE DE LA MÉPRISE.

Après ce que nous venons d'exposer, il n'est pas surprenant que le Roi refuse d'accepter, comme emblème de l'hérédité, un drapeau qui, né dans une insurrection (1), les a longtemps accompagnées, et a flotté au-dessus de tous les gouvernements de Révolution (2).

S'il y a là méprise, elle n'existe, à aucun degré, de la part du Roi. Je crains que ce ne soit notre gentilhomme qui se fourvoie.

(1) Celle du 14 juillet 1789.

(2) Le drapeau tricolore est chez nous, depuis 89, le drapeau de toutes les formes de Révolution. Notre seul gouvernement d'hérédité, de principe, l'a répudié.

SIXIÈME LETTRE

LE DRAPEAU

Je ferai remarquer au lecteur que si je suis aussi long, si j'ai été obligé de m'attarder autant dans ma réfutation, c'est qu'il m'a fallu rétablir l'ordre dans des matières embrouillées à plaisir.

Tout l'art du gentilhomme est dans les divagations et dans les échappatoires. Il pose en principe des monstruosités, et en tire, à sa guise, toutes les conséquences qui lui plaisent. C'est le point de départ que nous nous sommes appliqué à rectifier.

Exemple. Nous entrons dans l'examen de la question, sinon la plus grave, au moins la plus délicate. S'occupera-t-il de l'origine de cette question? Essayera-t-il de la prendre à sa source pour la suivre ensuite dans ses développements? Il a de bien autres soins. Qu'une course désordonnée à travers faits et arguments est à la fois plus facile et brillante. « Ne précisons rien; rejetons-nous sur les banalités. Cela suffit au gros public, et aux grosses recettes. » Tel est, Monsieur, votre langage tacite, si vous n'osez le tenir ouvertement.

Essayons de vous suivre dans votre fantasia. Sachez-le :

Ce n'est pas seulement parce que le drapeau tricolore a plané sur les scènes de la Terreur que nous le repoussons.

C'est parce que, depuis son origine jusqu'à nos jours, sa signification n'a pas cessé d'être : ennemi de l'hérédité.

Il était superflu de nous parler du soleil éclairant à la fois les scènes de crime et les scènes d'innocence, voire même « les scènes du déluge », sans être plus coupable pour cela. Oh ! que le gentilhomme a de l'esprit ! Il était même superflu, du moins en ce qui concerne notre instruction, d'ajouter que le bien et le mal ne dépendaient pas, en politique, d'une couleur ! Mais si cette couleur, grand esprit, a été l'emblème continu du désordre, sinon matériel du moins moral (1), pensez-vous que le maintien de cette couleur soit indifférent à la continuation du désordre !!!....

La distinction entre la Révolution qui a guillotiné, fusillé, incendié, et la Révolution qui maintient provisoirement l'ordre dans la rue, et la tranquillité chez le bourgeois est ici vaine.

C'est le principe du gouvernement qu'il importe d'examiner, son origine conforme aux lois de l'hérédité et à dix siècles d'histoire progressive, ou bien dérivant de la souveraineté du peuple et représentant, bientôt chez nous, un siècle d'anarchie.

Dire que le drapeau tricolore représente exclusivement, dans l'armée : « l'admissibilité de tous les soldats aux grades et honneurs militaires, sans autre distinction entre eux que le mérite personnel et les services personnels », dans nos cités et nos campagnes, « l'égalité des propriétés devant le percepteur, l'égalité des habitants devant la justice, en d'autres termes, l'égalité civique. »

N'est-ce pas tomber précisément sous le coup des paroles du Roi empreintes d'une si juste indignation :

« En être réduit, en 1873, à évoquer le fantôme de

(1) On ne cesse de nous répéter : le drapeau tricolore est devenu le drapeau de l'ordre. — Il l'est, il est vrai, depuis quelque temps, pour l'ordre matériel ; il ne l'a pas encore été pour l'ordre moral.

» la dîme, des droits féodaux, de l'intolérance religieuse, » de la persécution contre nos frères séparés, que vous » dirais-je encore, de la guerre follement entreprise dans » des conditions impossibles, du gouvernement des prê- » tres, de la prédominance des classes privilégiées ! Vous » avouerez qu'on ne peut pas répondre sérieusement à des » choses si peu sérieuses » (1).

Sous la Restauration, Monsieur, ne jouissait-on pas de tous les avantages dont vous parlez? Le fils du paysan ne continuait-il pas à avoir, comme sous l'Empire, son bâton de Maréchal dans sa giberne? L'homme sans naissance, le roturier ne pouvait-il pas être, et n'était-il pas souvent préfet, ministre, membre des conseils du Roi (2)? On est embarrassé vraiment de vous rappeler des faits connus de tout le monde. Vous parlez toujours pour le drapeau blanc d'ancien régime! mais, de 1814 à 1830, était-ce l'ancien régime? J'entends répéter souvent, et je lis dans les ouvrages consciencieux : que la Restauration fut, par excellence, l'ère des libertés modernes. Le malheur des temps, les fureurs de la Révolution, l'obligation de s'y dérober ont, un instant, confondu la couleur blanche avec les couleurs de l'étranger. Toutefois, comme l'emblème de nos Rois a pris sa revanche en 1814, en nous arrachant au démembrement! comme il s'est relevé, surtout, en faisant coïncider son retour avec notre situation intérieure et extérieure, la plus prospère depuis 89! Quand on le chassa au bout de 15 ans de prospérité, il s'agissait de tout autre chose, n'en déplaise à votre dire, que d'un triomphe sur l'étranger (le drapeau tricolore l'avait déjà deux fois amené en France); il s'agissait, sous un nouveau duc d'Orléans (3), de re-

(1) Lettre à M. le Vicomte de Rodez-Bénavent du 19 septembre 1873.

(2) Deux des principaux chefs du parti royaliste de nos jours appartenaient à la bourgeoisie, Laîné et Berryer. Je cite les plus illustres et les plus universellement connus.

(3) A la prise de la Bastille les agents du duc d'Orléans, d'Egalité agirent de leur mieux.

prendre le drapeau de la prise de la Bastille et de l'insurrection.

Voilà ce que vous avez passé sous « un silence prudent » ; mais ce que je suis contraint de rappeler, par respect pour la vérité.

On a abusé de l'argument qui consiste à repousser le drapeau blanc comme profondément impopulaire, et de nature à tuer le pouvoir qui l'arborerait.

Nous opposons à cette objection la réponse suivante :

On ne nous fera jamais croire que, dans une armée disciplinée, on ne parvienne pas à imposer un drapeau qui, en fin de compte, a été celui de plusieurs siècles et des plus glorieux (1). Si la répugnance pour les livrées de l'hérédité était invincible, elle prouverait que nous sommes encore loin du gouvernement de l'hérédité. Car, ce n'est pas à une époque où le pouvoir a autant besoin du concours de la nation qu'il peut se glisser subrepticement, et ne pas s'inquiéter des préférences et antipathies générales.

§ 1.

LES VERTUS DU DRAPEAU BLANC.

Pourquoi, demande le gentilhomme, Monseigneur donne-t-il la préférence au drapeau blanc ? Monseigneur aurait-il oublié la chape de saint Martin, l'oriflamme, l'éten-

(1) Les XVIIe et XVIIIe siècles qui furent les grandes époques de la prépondérance de la France et de ses victoires nous laissant des provinces.

dard bleu (1) de Philippe-Auguste ? Nullement, et c'est parce que le Roi s'en souvient qu'il revendique le drapeau qui les a continués, en héritant d'eux ; qui les a continués, c'est-à-dire qui a continué celui d'entre eux incontestablement drapeau national, royal et militaire, car l'oriflamme fut un drapeau surtout religieux, et nous sommes trop loin de la chape de saint Martin pour avoir besoin de rechercher son caractère.

Si le gentilhomme, qui doit avoir des loisirs dans sa province, daignait les consacrer à la lecture, il saurait que, par une transformation logique, naturelle, amenée par le cours des événements, non par les fureurs révolutionnaires, le drapeau national a, depuis l'avénement des Capétiens, été successivement bleu, blanc et bleu, blanc (2). Il n'aurait pas recours à ce procédé vulgaire consistant à nous prêter des idées extravagantes pour avoir ensuite le plaisir de les réfuter. Il ne nous demanderait pas si le drapeau blanc a fait plus de miracles que la chape de saint Martin ou l'oriflamme de saint Denys ? Question trop peu sérieuse pour qu'on daigne y répondre, s'il a, plus que les autres drapeaux, maintenu l'union dans le pays et dans la famille royale ?...

Comment, Monsieur, hésitez-vous sur ce point ? Vous êtes tenu de savoir que, malgré des haines et des ambitions coupables, ni l'hérédité ne fut troublée dans l'ordre de succession au trône, ni l'esprit des peuples perverti par des changements perpétuels de pouvoir et l'application variée des plus néfastes théories, tant que les transformations du drapeau furent le résultat du travail des siècles, et non d'un caprice d'émeute. Quant aux troubles

(1) Cette énumération confuse demandait des distinctions. D'abord la chape de saint Martin, qu'il faut se garder de confondre avec la bannière de l'Abbaye de saint Martin de Tours, n'était pas une enseigne; ensuite l'oriflamme était un drapeau surtout religieux.

(2) Consulter l'excellent ouvrage de M. Marius Sepet : *Le drapeau de la France*, chez Victor Palmé, rue de Grenelle-Saint-Germain, 25, et le complément de cet ouvrage que nous donne un article du même auteur publié dans la *Revue des questions historiques*, numéro du 1er avril 1875.

et rivalités qui éclatèrent, pendant que le drapeau blanc était le drapeau national, que prouvent-ils si ce n'est que le drapeau blanc était tenu par des hommes, et avait affaire à des hommes? Le gentilhomme s'égale, sans doute, aux anges. Nous ne faisons nulle difficulté d'avouer que cela ne nous regarde pas.

Est-ce cette supériorité de nature qui le dispense de tout savoir historique? On serait tenté de le présumer au sans façon avec lequel il le traite. Il donne à Charles VI un drapeau blanc, et triomphe de l'union de sa folie avec un emblème détesté. Le fait serait-il vrai, il ne prouverait rien contre notre prétention, à savoir : que le drapeau blanc n'a jamais présidé au mépris des lois de l'hérédité royale, mais le fait est faux. Le drapeau national, sous Charles VI, était le drapeau bleu. Le blanc ne s'employait alors, comme marque distinctive de la nationalité, que sur les vêtements. Le drapeau blanc n'était pas davantage drapeau national, lorsque le dauphin Louis, plus tard Louis XI, conspirait contre Charles VII, ou lorsque le duc de Berry s'alliait aux seigneurs contre son frère. Le gentilhomme est d'un avis opposé, mais comment s'y prend-il pour le soutenir? Je serais curieux de l'apprendre (1).

Après ces bévues pour lesquelles on vous renverrait à l'école, vous tenant quitte de la haute politique, votre exclamation : « Loin de moi l'intention de décrier la Monarchie, » est du dernier burlesque. Il n'y a que vous, Monsieur, que vous décriez ! Il ne vous suffit pas d'être érudit, vous tenez à être héroïque et, non moins généreux martyr que savant hors ligne, vous vous écriez : « J'aurais donné hier, et... je donnerais encore pour la rétablir... oui, je donne-

(1) « Que la couleur blanche prise d'une façon abstraite soit, dès le milieu du xve siècle, considérée comme la couleur nationale, et repousse au second rang la couleur bleue, c'est ce que mettent hors de doute deux très-belles allégories des vigiles de Charles VII. » Marius Sepet. *Revue des questions historiques*, numéro du 1er avril 1875. Nous venons de rapporter ce qu'on peut alléguer de plus fort en faveur du blanc au xve siècle. Mais, dans cette appréciation, je ne vois pas de drapeau blanc devenu drapeau national.

rais, sans regrets, mon obscure et inutile vie. » Donner votre vie que personne ne réclame, et la donner pour une institution entachée, à vos yeux, de si grands excès, franchement, cela dépasse l'héroïsme des trois cents Spartiates dans leur défilé des Thermopyles !!.....

Nous vous remercions beaucoup de nous apprendre que le Pape seul est infaillible ; mais, malgré vos avertissements, nous persistons à ignorer ces rhéteurs ayant fait de la Royauté une institution surnaturelle, mystique, religieuse. Quand une institution a duré neuf siècles, nous croyons bonnement qu'il faut lui attribuer une certaine valeur sur cette terre. Nos prétentions ne vont pas au delà.

Êtes-vous plus heureux avec le XVIe siècle qu'avec le XVe? Vous attribuez à la plus reculée de ces époques le drapeau blanc qui n'en peut mais ; la seconde en est, dans presque toute sa durée, tout aussi innocente (1). D'après les sources les plus authentiques, le drapeau national, sous Henri III, n'était pas le drapeau blanc. On peut conclure de ce qui est exposé par le P. Daniel que, de François Ier à Henri IV, le pavillon national était bleu et blanc; c'est le drapeau de guerre qui était blanc. Quant à la méconnaissance par la Ligue du principe héréditaire chez Henri IV, chacun sait quel fut le mélange de mobiles politiques et de raisons très-importantes, puisqu'elles tenaient à la chose la plus essentielle chez un peuple, à la religion, qui empêchèrent l'illustre fondateur de notre troisième branche royale et son drapeau blanc d'être reconnus avant sa conversion. Ceux-là seuls, parmi les ligueurs, qui persistèrent après l'abjuration sont indignes de toute espèce d'excuse, et je les livre, sans scrupule, à l'indignation du gentilhomme.

Aux XVIIe et XVIIIe siècles, si vous déraisonnez sur les conséquences du drapeau blanc, du moins vous le

(1) Le drapeau blanc ne devient drapeau national qu'avec Henri IV qui entre à Paris en 1594.

tenez (1). Mais quel abus vous en faites ! Vous nous objectez les rivalités du Roi Louis XIII, soit avec sa mère, soit avec les princes de son sang, soit les troubles civils, inséparables, jusqu'ici en France, d'une minorité, soit la longue corruption et le détestable usage du pouvoir sous Louis XV. Mais, voyons, Monsieur, soyons de bonne foi. S'agit-il de prouver que le drapeau blanc communiqua aux rois qui l'arborèrent et aux peuples qui le saluèrent des vertus surnaturelles, ou bien importe-t-il exclusivement à notre discussion de rechercher si, sous le drapeau blanc, il y eut d'aussi affreux bouleversements politiques que sous le drapeau tricolore, si, sous le drapeau blanc, il y eut violation du principe héréditaire sur le trône, changement perpétuel de gouvernements dans la nation.

En résumé, le chapitre que nous venons d'étudier nous fournit une triple conclusion :

1° Les exemples tirés par l'auteur le sont, en général, d'une façon peu conforme à la vérité historique.

2° Lors même que ces exemples s'accorderaient avec ce qui s'est passé, ils ne seraient pas concluants, car il s'agit de prouver, non pas les miracles et les vertus surnaturelles du drapeau blanc (une pareille thèse n'est pas discutable), mais ses avantages humains sur un emblème qui n'a jamais accompagné chez nous que les variations sans fin dans les théories politiques et leurs applications. Or, nulle preuve n'est plus facile à administrer que la preuve de ces avantages.

3° L'immense supériorité du drapeau blanc n'a jamais

(1) Le blanc, dit André Favyn en 1620, est la livrée du royaume. Galland, transportant dans le passé ce qui existait de son temps, écrit en 1637 : « que la candeur et blancheur convenable aux mœurs des Français a esté choisie par eux et la portent en leurs escharpes mesmes de toute antiquité. » La Mothe le Vayer écrit dans son *Traité des Couleurs* au milieu du XVIIe siècle : « Nous tenons la blancheur de nos lys de même que celle de nos escharpes et de la cornette royale pour un symbole de pureté aussi bien que de franchise. » Benéton écrit en 1739 : « Depuis que celle des Français (il s'agit de la couleur nationale), est le blanc. » (Voir l'ouvrage de M. Sepet).

paru à nos yeux, que d'être arrivé logiquement, naturellement, sans secousse et sans violence, et de correspondre, dans notre histoire, à la perpétuité de l'Empire (1).

Si, au lieu de nous appartenir, le dernier paragraphe fût sorti de la plume de l'auteur ; s'il eût ainsi parlé simplement, sans détours, il eût conquis les cœurs épris de sincérité. Mais que devenaient, sans ses charmantes injures, sans ses reproches adressés d'un ton aussi perfide que mielleux au plus auguste personnage, au chef héréditaire de notre nation, que devenaient, sans tous les enjolivements de la haine et de la calomnie, les milliers de lecteurs, les remerciements des complices, les suffrages, et, peut-être même, les encouragements en beaucoup trop haut lieu ?...

On tenait à être lu et à plaire ; médiocres résultats pour un honnête homme, quand ils sont exclusifs de tout autre.

Comme le Roi qu'on dédaigne prodigue l'exemple d'une conduite toute différente. A la politique de surprise, il oppose la politique à ciel ouvert, aux mensonges et aux perfidies, une franchise toute limpide. Autant il importe d'être vrai, quand on est avec lui, autant il est indifférent et même utile d'être le contraire, quand on est contre lui. Apologie d'une nouvelle espèce, signe infaillible qui distingue ceux qui l'attaquent de ceux qui ont l'honneur de le servir !

§ 2

LES CRIMES DU DRAPEAU TRICOLORE.

Sous ce titre : Les vertus du drapeau blanc, vous releviez, Monsieur, et même, au besoin, vous inventiez contre

(1) Notre légèreté n'a pas assez réfléchi à la profonde philosophie et à l'intelligence politique du cri de nos pères : Le Roi est mort, vive le Roi ! Le drapeau blanc fut le drapeau de ce cri comme l'avaient été le drapeau blanc et bleu et le drapeau bleu.

lui, dans le chapitre précédent, un grand nombre d'accusations, dont nous avons essayé de vous montrer la juste valeur.

Sous le nouveau titre : Les crimes du drapeau tricolore, vous continuez à nous entretenir des prétendus crimes du drapeau blanc. C'est là votre ton habituel, Monsieur, un ton de basse ironie et de plaisanterie insidieuse participant de la gaucherie et de l'impudence et digne, en tout point, de l'erreur. C'est, du moins, une consolation que, par ses habitudes, elle ne soit pas trop difficile à découvrir, et qu'elle ait son cachet propre.

Ce qui égare, ce qui déroute davantage, c'est l'exploitation d'une très-haute autorité, au profit d'une démonstration pernicieuse. Le regret s'accroît lorsque le personnage, dont se servent la malveillance et la perfidie, est un personnage sacré, et, en plus de la dignité de son caractère, recommandé à l'estime de tous les gens de bien par les plus signalés services. Je me souviens d'avoir entendu dire à un homme d'esprit excellent catholique. « Sans Mgr Dupanloup, la question du drapeau obtenait-elle l'importance qu'elle a acquise ? » Tenons-nous en à ce propos, Monsieur, et ne trouvons pas un plaisir vulgaire à rapprocher les grands hommes de notre faiblesse. En ce qui concerne l'illustre évêque d'Orléans, il ne serait pas plus juste de juger le prélat sur son attitude au concile que le politique sur sa lettre au Roi relative au drapeau. On a de trop importantes obligations envers Mgr Dupanloup pour ne pas lui devoir la vérité, et il sait que, parmi nos trop nombreux dissentiments, il y a, au moins, un point sur lequel catholiques de tous les partis et de toutes les nuances politiques, nous serons toujours d'accord : l'enthousiaste admiration pour son énergique défense du pouvoir temporel des Papes et de la liberté d'enseigner.

Mais vous, Monsieur, vous envers qui nous n'avons sans doute pas les mêmes obligations (1), que dites-vous?

Après avoir copié le passage absolument vrai de la lettre

(1) Le ton seul de l'auteur des soi-disant *Responsabilités* le prouve.

royale : « C'est là un prétexte inventé par ceux qui, tout « en reconnaissant la nécessité du retour de la Monarchie « traditionnelle veulent, au moins, conserver le symbole « de la Révolution. » Vous trouvez dans l'emploi de ce mot « Révolution » un nouveau texte à chicane. J'en suis fâché pour vous. Votre répétition des mêmes griefs n'aura servi qu'à une nouvelle démonstration. Oui, Monsieur, le Roi n'a que trop bien parlé. La Révolution qu'il a en vue, et dont il refuse d'accepter le symbole, ne se restreint pas au déchaînement des premières fureurs de la populace, aux Journées des 14 juillet, des 5 et 6 octobre 1789, du 20 juin, du 10 août et du 2 septembre 1792, du 21 janvier et du 16 octobre 1793. Elle s'étend plus haut et plus loin. 1830, qui rouvrit l'ère fermée de ces affreux anniversaires, doit les rejoindre. Il s'accomplit en vertu des mêmes principes, et pour le service de la même criminelle ambition. Et quant aux crimes des Bonaparte contre la liberté et le vieux droit de la France, crimes commis en vertu de cette même souveraineté du peuple invariablement si pernicieuse à celui-ci, si commode à ceux qui le dominent, ils ont tout droit aussi au mot de Révolution. Toutes les usurpations, toutes les violences au nom de la souveraineté populaire, voilà donc ce qui est réellement, ce qui ne cessera d'être appelé par le Roi la Révolution. Nous n'avons que faire de vos soi-disant explications, Monsieur. Si vous avez besoin d'embrouiller, et de dénaturer la question, nous éprouvons le désir contraire. La Révolution, pour la logique, c'est la souveraineté du peuple dans toutes ses manifestations, soit au profit de princes aventuriers, soit au profit d'aventuriers tout court.

Le drapeau qui personnifie cette Révolution est, à la lettre, le drapeau du mépris de la véritable souveraineté, de la souveraineté transférée de son vieux et tutélaire principe à une utopie de rêve et de destruction.

Saisissez-vous actuellement la différence qu'il y a entre les attentats dont la couleur blanche unique ou les trois couleurs ont été l'enseigne ?

Si, malheureusement, il y a des deux côtés crimes et crimes contre le souverain, je ne vois que d'un côté des crimes contre la souveraineté elle-même.

Je passe sur tous les assassinats de princes, ministres et personnages principaux de l'État, assassinats qu'on retrouve, hélas! dans toutes les histoires, et que, souvent à tort, vous rendez contemporains chez nous du drapeau blanc (1). Je vais droit aux deux meurtres commis sur deux souverains; le premier, à la veille de l'avénement du drapeau blanc comme drapeau national, le second, sous le règne même du drapeau blanc. Et je dis : Jacques Clément, Ravaillac, ces scélérats excités par des déclamations furibondes, avaient-ils l'intention de se débarrasser de la Royauté en même temps que du Roi, lorsqu'ils attentèrent aux jours, l'un d'un prince déplorable, l'autre d'un des plus illustres monarques? En dehors de ces furieux qui n'y songeaient pas, y avait-il alors à Paris, y avait-il alors dans les provinces un parti assez abandonné de toute droiture et de tout jugement pour vouloir transférer de la personne royale à la masse aussi mobile qu'ignorante le rôle de présider aux progrès et aux changements de la France? Non, mille fois non. Ni la folie de la souveraineté populaire n'avait encore poussé de puissantes racines dans la nation (2), ni même ces malheureux,

(1) Le drapeau blanc n'était pas le drapeau national en 1407, lorsque fut assassiné le duc d'Orléans, ni en 1419, lorsque fut assassiné le duc de Bourgogne, ni en 1569, lorsque Montesquiou, capitaine des gardes de Monsieur, servit la haine du frère du Roi contre le prince de Condé. Le drapeau blanc serait contemporain de ces crimes qu'encore une fois cela ne prouverait rien, mais il ne le fut pas.

(2) Le dernier mot du protestantisme, quand il était en armes contre la Royauté, était bien de s'en exempter et de proclamer, dans le domaine politique, le dogme de la souveraineté du peuple déjà en honneur dans le domaine religieux. Mais, en politique, cette déduction naturelle était singulièrement neutralisée par le caractère aristocratique de la réforme. Si le peuple et souvent ses ministres étaient pour la souveraineté populaire, l'aristocratie, qui voyait dans la réforme un moyen de reconquérir son crédit, identifiait le triomphe de l'hérésie avec le retour de la féodalité.

qui poussèrent le délire du fanatisme jusqu'au régicide ne se berçaient de ces dangereuses chimères. Tuer un homme que leur exaltation criminelle leur représentait comme le tyran et le mauvais génie de la France; c'était là tout à leurs yeux, et le but auquel devaient se borner leurs complots.

Telles furent les conditions dans lesquelles, sous le drapeau blanc, s'accomplit l'attentat contre le souverain. La personne était atteinte, non le principe.

C'est l'inverse sous le drapeau tricolore. Ce n'est pas tant à la personne qu'à la souveraineté qu'on en veut. Qu'on lise les discours de la Convention qui précédèrent le 21 janvier, on demeurera confondu des abîmes d'aberrations d'esprit et de débauches de pensée par où se préparait l'action la plus criminelle contre l'autorité, origine et gardienne de toutes les autres autorités humaines. Qu'on songe, de plus, à cet éclat de publicité, à cette acceptation dérisoire des formes de la justice qui en était la plus odieuse profanation, à cette longue méditation du crime qui le retourne, qui le savoure, qui le commente, et le développe dans les plus monstrueux discours, et ne le laisse s'accomplir que lorsque la responsabilité aura dû avoir décuplé. Qu'on songe, surtout, à la participation de tout un peuple à cet attentat, à cette armée de citoyens devenue une armée de régicides, et étendant sa honte de la prison jusqu'à l'échafaud du Martyr!

En présence de toutes ces circonstances qui sont une aggravation, disons mieux, une transformation telle du crime qu'il cesse d'être le même, peut-on comparer l'assassinat des deux souverains Henri III et Henri IV au double attentat commis, sous les plis du drapeau tricolore, contre le souverain et contre la souveraineté? Il serait puéril de répondre à cette question. Il suffit de la poser.

Nous avons montré qu'avant l'inauguration du drapeau tricolore, les attentats contre les rois et les princes n'avaient voulu atteindre et n'avaient atteint, en réalité, que les personnes, jamais la souveraineté. Il importe d'observer la même différence chez les factions qui s'égorgèrent sous la Monarchie. Qu'elles fussent aussi cupides, aussi acharnées, aussi féroces parfois que les factions de 93, rien ne s'y oppose, le délire de la multitude étant uniforme. Mais, en s'attaquant les unes aux autres ou même au Roi, jamais il ne leur était venu dans l'esprit de s'attaquer à la Royauté.

D'ailleurs, le gentilhomme poursuit le cours de ses rêves.

« Je n'ai lu nulle part, dit-il, que le drapeau tricolore » fût celui des Maillotins, ni celui du boucher Caboche et » du parti des écorcheurs. » — Je n'ai lu non plus nulle part, Monsieur, que le drapeau national fût alors le drapeau blanc.

Demande du gentilhomme sur un ton d'aigreur plus ou moins dissimulé : « Monseigneur aurait-il oublié ces terribles nuits, et les néfastes journées de juin 1418? » — Monseigneur, pour aimer le drapeau blanc, et redouter le drapeau tricolore, n'avait besoin ni d'oublier, ni de retenir les terribles nuits et les néfastes journées de juin 1418. Elles ne concernent pas plus le drapeau blanc comme drapeau national que le drapeau tricolore. Si j'écris sur le XVIIIe siècle, je n'ai pas besoin de m'occuper du Xe ou du XIIe. Voilà pourtant, dans quel ordre admirable, l'auteur voudrait m'apprendre à grouper mes études.

Ce n'est pas assez des excès des factieux. Il faut que le gentilhomme passe en revue tous les crimes commis sous l'ancienne Royauté, et les accumule tous sur le drapeau blanc. — Il y a eu aussi des bûchers, des édits, et des sentences atroces. — Encore la faute du drapeau blanc. — Le massacre des Vaudois sous François Ier, le massacre de la Saint-Barthélemy sous Charles IX, lorsqu'il ne s'agissait pas encore du drapeau blanc comme drapeau de la nation. Le massacre de Vassy (1), en 1562, sous le même Charles IX, c'est-à-dire à une époque où

(1) Il y aurait beaucoup à dire sur le massacre de Vassy, à commencer par le mot massacre. Quels furent les provocateurs ? les catholiques ou les protestants ; on ne l'a jamais éclairci.

le drapeau national n'était pas encore le drapeau blanc ; voilà qui est encore et toujours imputable au drapeau blanc.

Quand même, chassé de toutes ces propositions par l'importune vérité, à force de labeurs, l'auteur, parviendrait à découvrir un fait se pliant merveilleusement à ses thèses, que faudrait-il conclure de la funeste date du 17 octobre 1685? Que le drapeau blanc étant aussi inconscient et impassible que tous les autres drapeaux imaginables doit partager leur irresponsabilité.

Mais irresponsabilité n'a jamais été synonyme de défaut de signification. La couleur rouge aussi est irresponsable ; elle n'en est pas moins significative.

Or, pour que cette signification existe, il faut la volonté expresse de ceux qui arborèrent le drapeau. Il faut que, d'après la pensée, d'après le désir formellement exprimé de ceux qui le prirent, il répondit à telle idée, à tel sentiment. Ce caractère net, précis, il serait puéril de le refuser aux trois couleurs adoptées comme signe de ralliement de la révolte et de la souveraineté populaire en face du blanc de l'hérédité et de l'autorité traditionnelle.

Je doute que les ennemis de la Royauté puissent jamais se tirer de ce dilemme :

Ou le Roi repousse le drapeau tricolore comme coupable des crimes dont il a été témoin, et, alors, il faut que le Roi repousse, pour le même motif, tous les drapeaux de l'Europe, y compris le drapeau blanc, tous aussi témoins et, partant, responsables de crimes.

Ou le Roi repousse le drapeau tricolore pour sa signification toute particulière de désordre, et, alors, la répulsion du Roi n'est que trop expliquée par ce que nous avons dit d'une enseigne emblème, à toutes les époques de son existence, de la haine de la souveraineté telle que l'avaient comprise et établie les siècles, telle que la comprend encore l'Europe.

En dehors de cette distinction indispensable, il n'y a que divagation sur le drapeau ; avec cette distinction, tout s'éclaircit.

BIBLIOTHÈQUE NATIONALE R.F. IMPRIMÉS

L'auteur nous déclare qu'il y a intérêt à rappeler les crimes de la Royauté et du drapeau blanc, il ne dit pas à les inventer. — Et pourquoi, Monsieur, y a-t-il intérêt ? — Parce que, poursuivez-vous, ils prouvent le danger des systèmes politiques reposant sur un principe exclusif : l'autorité sans contre-poids, la liberté sans frein. — L'autorité sans contre-poids !..... Cela, dans la pensée de l'auteur, s'adresse évidemment à la Monarchie : elle n'a qu'à se bien tenir. La liberté sans frein ! cela concerne, non sans motif, la République : à elle de répondre.

La réfutation pour l'ancienne Monarchie, celle qui a précédé les réformes de Louis XVI, est bien simple. Ayant vécu tant de siècles, et n'ayant cessé de correspondre à la marche progressive de la France, elle n'a qu'à renvoyer à son histoire pour se venger des dédains. Quant à la Royauté actuelle, celle qui sort radieuse des manifestes de Henri V, affecteriez-vous de la distinguer de la Royauté constitutionnelle ? — Ce serait encore une habileté !!..... Mais, qu'est-ce enfin que ce fameux mot de constitution que vous ne cessez de nous jeter à la face ?..... Les libéraux l'expliquent de tant de manières qu'une explication, à ce sujet, est devenue indispensable.

La Royauté constitutionnelle est-ce la Royauté contractuelle, celle de 1830 ?

Est-ce, au contraire, la Royauté avec une constitution, selon que semble l'indiquer le mot, une constitution délibérée entre la Nation et le Roi, afin que les deux puissances contractantes soient libres ? (1).

S'il s'agit de la Royauté contractuelle de 1830, il n'y a pas à y songer pour le Roi. La liberté d'abord et ensuite le despotisme y seraient sans frein, parce que, en cas de conflit entre les deux puissances, la Royauté et le Peuple ou la représentation du Peuple, ce serait toujours la seconde puissance qui l'emporterait et tyranniserait.

S'agit-il au contraire de la Royauté se mouvant selon les

(1) Le Roi n'a cessé de le répéter : « Ni charte imposée, ni charte octroyée ; mais charte délibérée. »

lois d'une constitution édictée dans les meilleures conditions de justice et de stabilité, personne n'est plus constitutionnel que le Roi, plus partisan que lui d'une Monarchie contrôlée, plus l'ennemi de l'arbitraire.

Vous voyez donc, Monsieur, que les deux objets de votre crainte : autorité sans contre-poids, liberté sans frein, se trouvent écartés dans la Monarchie du Roi, et que cette Monarchie, seule, donne pleine satisfaction à tous vos désirs.

Sont-ils tous exprimés dans ces mots : absence d'autorité sans contre-poids, et de liberté sans frein ? Hélas ! Monsieur, je crains que non. S'ils l'étaient, votre brochure, dépourvue de raison d'être, n'aurait pas vu le jour.

Voilà, dans un chapitre sur le drapeau, une digression dont je ne m'excuse même pas, parce qu'elle répond à une autre digression, et était commandée par une attaque.

Ne croyez pas, non plus, Monsieur, nous embarrasser avec le récit des hommages qu'a reçus le drapeau tricolore. Il peut avoir été béni par nos prêtres, nos évêques et, même, par leur chef auguste. Il peut avoir été porté par « les mains les plus loyales », et avoir mené au combat des « légions de héros ». Il n'en a pas moins été, dans sa naissance et dans ses applications politiques successives, le drapeau de la révolte contre l'autorité traditionnelle et du mépris de cette autorité. L'Eglise n'a pas à entrer, et n'est jamais entrée dans les distinctions gouvernementales que quand ses intérêts religieux s'y trouvaient mêlés ; et, quant à la considération dont jouit généralement dans le monde le drapeau tricolore, que prouve-t-elle ? Qu'il a réussi, sorte d'argument qu'il faut laisser au plus grand nombre, ou encore, que, sans plus s'occuper de la nature du drapeau que de celle du pouvoir, les cœurs les plus généreux et les plus nobles n'ont constamment eu qu'un but : celui d'éloigner le péril de la patrie, dût-on combattre sous le drapeau et le pouvoir qui l'avaient amené.

§ 3

LES HUMILIATIONS.

Je me représente les embarras de l'auteur arrivé à ce point. Il avait prouvé tant bien que mal, à sa façon, c'est-à-dire d'une façon très-peu probante, mais, enfin, à l'extrême rigueur, il pouvait feindre d'avoir prouvé : que, pour les deux drapeaux blanc et tricolore, il y avait égalité absolue de crimes, de fureurs, de dissensions dans la famille royale et le pays.

Restait la principale preuve, la preuve décisive à administrer : l'égalité d'humiliation pour les deux drapeaux. La tâche était ardue. L'histoire criait avec une insistance, et un esprit d'opposition intraitables : « Aucune occupation du terri-
» toire d'un côté, deux occupations de l'autre, l'acquisi-
» tion de nombreuses provinces d'un côté, la perte de plu-
» sieurs de l'autre ; d'une part la formation graduelle de
» l'unité nationale, de l'autre sa décomposition ; quelle
» comparaison peux-tu établir ? Ne t'attarde pas à des
» thèses que leur insuffisance impossible à dissimuler
» rendrait de nature à ébranler un échafaudage plus solide
» que le tien ! »

Beaucoup se seraient découragés. L'auteur tint ferme.

Se forger dans l'esprit une égalité absente des faits, emprunter à son imagination ce que la réalité lui refusait, établir une heureuse balance en ajoutant aux poids de l'un des plateaux, en diminuant les poids de l'autre ; tel fut son plan. Quand il fut arrêté, l'équilibre existait. Il ne restait qu'à trouver l'ordre ou, plutôt, le désordre au millieu duquel on accoucherait de l'admirable invention.

Chez elle un beau désordre est un effet de l'art (1).

a dit, je crois, le législateur du Parnasse français en parlant de l'ode. Ce vers devint la devise du plan de campagne de l'auteur, et le plus essentiel, à ses yeux, des préceptes historiques.

Pauvres petits esprits honnêtes, murmurait-il, bons petits auteurs du commun, qui vous attardez dans les vieux sentiers, que vous êtes à plaindre ! Vous ne vous doutez pas, chétifs, du plaisir qu'il y a à dérouter, à donner le change, et à faire de son public tout ce qui plaît !....

Ainsi, je me garderai bien de lui parler de la sorte, m'étudiant, jusqu'à la répétition des mots, pour augmenter la clarté.

Le drapeau blanc commençant avec la Royauté française de Henri IV, en 1593 (2), et finissant au décret de l'Assemblée nationale, le 24 octobre 1790 (3), puis, reparaissant avec l'hérédité, en 1814, et disparaissant avec elle, en 1830, cherchons dans ces deux intervalles, c'est-à-dire de 1593 jusqu'à 1790 et de 1814, les Cent jours tricolores exceptés, jusqu'à 1830, s'il y a eu des invasions.

ET

Le drapeau tricolore commençant au décret de l'Assem-

(1) Boileau, *Art poétique*, chant second.

(2) Henri IV, déjà roi de Navarre, devint roi de France de fait par son abjuration en 1593.

(3) A propos d'une révolte qui avait éclaté à bord de l'escadre de Brest, reprochant à son commandant, M. de Rioms, de ne pas porter la cocarde aux trois couleurs, M. de Menou présenta sur l'indiscipline de l'escadre, un rapport qu'il lut dans la séance du 21 octobre, et conclut par un projet de décret ainsi conçu : « L'Assemblée nationale, ouï, etc., décrète que le pavillon blanc qui, jusqu'à présent, a été le pavillon de la France, sera changé en un pavillon aux couleurs nationales. » Le décret fut promulgué le 24 octobre.

blée Nationale en 1790, puis, finissant avec le césarisme, conséquence de la République, en 1814, pour reparaître passagèrement aux Cent jours, puis, définitivement, avec une nouvelle forme de Révolution, en 1830, et persévérer, jusqu'à nos jours, dans toutes les variétés de fantaisies politiques dont la générosité révolutionnaire nous a pourvus, cherchons dans ces trois intervalles, c'est-à-dire de 1790 jusqu'à 1814, du 20 mars jusqu'au 28 juin 1815 et de 1830 jusqu'à nos jours, s'il y a eu des invasions.

La belle malice si l'on parlait de la sorte ! tout serait dès l'abord, éclairci ! La candeur des vieux âges, laissez-la-leur ! Haro sur la bonne foi ! Voici comment on procède aujourd'hui.

« Donc les trois couleurs les auraient subies ces humiliations ! » Ce donc est sublime.

« Eh bien ! oui ; pourquoi le nier ? Oui, sur ce point,
» Monseigneur a raison, (enfin, c'est là première fois).
» Oui, ce n'est que trop vrai : pour le couronnement de
» sa scandaleuse carrière, Napoléon III les avait ternies à
» Sedan, ces nobles couleurs, (ce furent les vainqueurs de
» la Bastille qui les premiers les trouvèrent si nobles).
» Mais quoi ! le lendemain son trône s'écroulait.... »

« Oui, oui, c'est encore vrai ! Bazaine avait, à Metz, in-
» fligé un autre affront aux trois couleurs. »

Ainsi, rien des deux premières invasions 1814-1815, rien, même d'indirect ; deux épisodes seulement empruntés à la troisième dont on ne prononce pas le nom, (il n'est même pas question d'invasion), et deux épisodes, autant de nature à flatter le genre particulier de passion révolutionnaire de l'auteur (1), qu'à accuser la Révolution. Voilà toutes les humiliations du drapeau tricolore. Le second César se rendant au milieu d'une capitulation sans précédents, la conduite ténébreuse d'un de ses lieutenants, digne général de Byzance, voilà tout. Rien des guerres de la première république que n'avait fait que continuer l'Empire, y étant contraint par un esprit d'éman-

(1) La jalousie haineuse du monarchiste bâtard contre le césarien.

cipation qui l'aurait dévoré, s'il ne l'avait occupé. Rien des hontes de la seconde république aggravant et décuplant les hontes du second Empire. Rien de l'impéritie de cette Assemblée aussi honnête que pusillanime et imprévoyante, et qui n'a pas songé qu'en rappelant la Royauté, en 1871, elle obtiendrait, sinon les mêmes conditions qu'en 1814, au moins, certains adoucissements à une rigueur impitoyable. Non, rien; absolument rien de toutes ces bagatelles.

Le compte ainsi fait des humiliations du drapeau tricolore, (et quel exact compte, tout y manque excepté le ridicule), on en vient, pour l'équilibre de la balance, au fameux exercice de prestidigitation.

Une invasion terrible avait eu lieu au xve siècle. Il n'y était pas plus question du drapeau blanc comme drapeau national que de la brochure : les *Responsabilités* (1). Qu'importe! Il fallait bien user de ces épisodes de la guerre de Cent ans, puisqu'ils renfermaient la seule occupation du territoire français sous neuf grands siècles de Monarchie, à la différence du petit siècle de Révolution qui nous en a déjà procuré trois.

Mais, jusque dans ces crimes d'Isabeau, dans cette démence de Charles VI, dans ces humiliations de Charles VII, le roi de Bourges, dans le sacre à Notre-Dame de Paris d'un roi anglais, quels enseignements, non pas sur le drapeau blanc, (il n'en est pas alors question comme drapeau royal et national), mais sur l'utilité du principe dont le drapeau blanc devait plus tard progressivement devenir le symbole, sur l'hérédité ! C'est elle qui en se maintenant parmi un peuple non encore perverti par des doctrines funestes, lui permet de se grouper autour d'un point fixe, aussitôt que Charles VII héritier, sans secousses, de Charles VI a reçu, avec la vierge inspirée du Ciel, le moyen de mettre fin à nos épreuves.

C'est là, Monsieur, qu'il convient de placer la première apparition du drapeau blanc, non pour l'invasion mais pour le rétablissement de la France, non pour son humiliation mais pour sa glorification. En vertu d'une tactique, dont vous me forcez à relever les usages peu admis, vous inventez les revers et oubliez les victoires, ou bien, oubliez les revers et inventez les victoires, selon votre commodité. Permettez-moi, pour votre punition, d'insister sur la première page du drapeau blanc. Ce n'est pas un médiocre honneur, pour lui, d'avoir, dans des jours aussi troublés et humiliés que les nôtres, une première fois présidé au rétablissement de la France.

« Cet étendard, c'est Jeanne d'Arc elle-même qui l'a dé-
» claré à ses juges, lors du procès de Rouen, elle l'avait
» fait faire par l'exprès commandement de Dieu que lui
» transmirent ses voix. Elle le chérissait, dit-elle, quarante
» fois plus que son épée, l'épée de sainte Catherine de
» Fierbois..... C'était, à ses propres yeux et aux yeux de
» ses compagnons de guerre, le signe visible de sa mis-
» sion, de la protection de Dieu sur la France et sur elle (1). »

Je n'ai pas besoin de répéter que le xve siècle n'a rien à démêler avec le drapeau blanc comme drapeau national, et qu'ainsi ce siècle devrait être en dehors de notre controverse; mais outre qu'il avait pour remonter le secours de l'hérédité, secours tout-puissant que nous avons perdu, il ne faudrait pas aujourd'hui trop appuyer ses espérances sur cette seule considération : qu'on « s'est relevé de plus bas. » Ne nous faisons pas d'illusions, elles ne servent qu'à énerver. Je me souviens d'avoir lu dans Chateaubriand cette phrase dont la justesse me frappa au point que je n'en ai jamais oublié le sens :

Un démembrement de la France constitutionnelle serait plus grave que la possession par les étrangers du territoire national au moment et par suite de la féodalité.

Que l'auteur s'amuse ensuite à des pantalonnades :

« Proposons à l'imitation des hommes d'aujourd'hui non
» la forme des armes, des habits, des drapeaux, mais la
» constance, les vertus, les actions généreuses de nos pè-
» res » cela, du moins, est innocent, et vaut mieux, comme

(1) Marius Sepet, *Le Drapeau de la France*. Chapitre III.

sincérité et équité, que ses thèses sur l'égalité parfaite d'humiliations entre les drapeaux blanc et tricolore.

Je ne sache pas qu'un écrivain royaliste, du moins de notre époque, ait déclaré que saint Louis connaissait le drapeau blanc : mais vous, Monsieur, quelle excuse pouvez-vous alléguer pour n'avoir pas su ou avoir fait semblant de ne pas savoir, en quelle haute estime le tenait la libératrice de la France.

Avez-vous dessein d'appliquer à la critique historique la règle que la Révolution votre maîtresse s'entend si bien à transporter dans le domaine politique : la fantaisie, toujours, et, quand même.

Il y a des courtisans mille fois plus dangereux que les courtisans des rois : ce sont les courtisans de tout le monde interceptant la vérité dont chacun a besoin.

SEPTIÈME LETTRE

DERNIÈRES CONSIDÉRATIONS SUR LE MÊME SUJET

§ 1.

HYPOTHÈSE.

La combinaison dont vous parlez, Monsieur, et qui eût consisté dans l'alliance du principe héréditaire et des réformes chères aux libéraux les plus sages, avec la Royauté de Henri V mis sous la tutelle du duc d'Orléans, a été souvent envisagée avec complaisance par des écrivains royalistes, et la seule différence entre eux et vous, c'est qu'eux regardent cette hypothèse comme ayant été réalisable, tandis que vous, vous la reléguez dans l'empire des chimères. Mais, une fois l'usurpation accomplie, la longue chaîne de nos traditions rompue, toute l'œuvre de pacification et de relèvement national de la Restauration annihilée, la consolation à tant, et de si cruelles épreuves était, qu'au moins, cet enfant, l'objet de si nombreuses espérances, et qui avait été salué l'enfant de l'Europe, à son berceau, nous fût conservé tout entier, et que son départ pour l'étranger fût aussi le départ pour un asile, où elles demeureraient intactes, des garanties de notre force et de notre avenir. Telle est la manière dont nous croyons devoir juger les événements qui se passèrent en 1830. Pour la conduite que le Roi et les princes de son sang étaient dans l'obligation de tenir, les uns par rapport aux autres, en 1871, après un essai tellement infructueux de toutes les idées et de tous les programmes expérimentés, depuis le départ de l'hérédité, était-ce aux idées du Roi à aller au-devant de ces idées et de ces programmes ou à ces idées à aller au-devant des idées du Roi ? Celles-ci avaient édifié la France, celles-là étaient en train de la détruire. La différence d'estime devait-elle se régler sur la différence des résultats ? Pour tout homme, sans parti pris, le doute n'est pas possible.

Au moment où j'écris, qui est peut-être la veille de nouveaux désastres dont nous menace le génie destructeur de la Révolution, tous les royalistes, tous les cœurs honnêtes et patriotes, avec réflexion (1), voyant dans le retour au représentant et aux traditions de la Monarchie le seul salut possible, ne s'écrieront-ils pas avec Madame la duchesse d'Angoulême, la sainte fille du Roi-Martyr : « Nous l'avons donc gardé ce cher enfant. »

Lui disparu, que nous resterait-il ? — Des théories apprenant à nous dévorer, et des fous ou des criminels pour exploiter ces théories.

(1) Une des erreurs les plus répandues et les plus inexplicables est de dire avec emphase et satisfaction de soi-même : « Je suis royaliste, mais, avant tout, je suis Français. » En vérité, il est impossible de poser plus mal la question, ni de prendre plus à tâche de tout confondre, en opposant ce qui, de sa nature, est indivisible. C'est juste parce que je suis Français, que je suis royaliste, ou encore je suis royaliste parce que je suis Français. Le triomphe de la France et de la Royauté sont inséparables.

2

LES SACRIFICES

Pour bien comprendre l'opportunité ou l'inopportunité de ce que l'auteur appelle, je ne sais pourquoi, des sacrifices (1), il faut, autant que possible, se représenter la situation telle qu'elle est.

Voilà un Prince qui, depuis quarante-cinq ans, s'est consacré à un but unique : celui de relever et de régénérer le Peuple dont sa naissance l'a fait Roi. Nombreux travaux, vie austère et tout absorbée par les plus sévères méditations, étude approfondie de toutes les questions qui occupent et passionnent le plus notre époque, voyages faits de manière à ne demeurer incompétent sur aucun point, et à se familiariser avec toutes les connaissances, et, au-dessus des recherches d'une science trop souvent vaine, et qui s'étourdit de sa propre insuffisance, ce qui est beaucoup plus utile chez celui appelé à gouverner, une étude toute spéciale apportée dans la formation de son caractère, le soin de le tremper de telle sorte que rien ne puisse étonner, une

(1) Il serait plus juste de les appeler un abandon de soi-même, une désertion de son devoir, une véritable abdication, car on renoncerait non pas à la dignité, mais aux devoirs de la dignité.

curiosité jalouse de garder à son âme toute son élévation, et toute sa pureté, en la préservant des vapeurs enivrantes de l'ambition ou du souffle empesté des plaisirs ; tant de belles qualités reflétées par une telle limpidité de visage et de conversation qu'il est impossible à l'indifférence même d'approcher de ce spectacle de la grandeur morale incarnée dans un homme, sans demeurer confondu; voilà tous les dons, tous les efforts, tous les avantages reçus et acquis, toutes les supériorités de l'intelligence, du cœur, et de l'âme par lesquelles le Roi a été préparé, et s'est préparé lui-même à l'accomplissement de sa mission ; voilà comment il a pris à tâche de s'égaler aux parties les plus ardues de son rôle; et l'on voudrait, qu'après avoir autant réfléchi, médité, observé, qu'après s'être entouré autant de tous les renseignements et de toutes les lumières, qu'après n'avoir négligé aucune source d'instruction; qu'après avoir ajouté aux avantages de la plus illustre naissance de l'Univers et d'une intelligence en rapport avec cette naissance tout ce que peuvent donner l'étude, la force de l'âme et du caractère, on voudrait, donc, qu'après avoir réuni toutes ces perfections, en vue de la poursuite d'un but unique, il renonçât à ce but, il renonçât à ses vues de rétablissement complet et de rénovation de la France ; et en faveur de quoi?

En faveur de ce qui est chaque jour condamné davantage par l'expérience, en faveur de ce qui ne peut plus avoir pour soi que les préjugés d'ignorance ou de mauvaise foi, en faveur de la subordination de l'hérédité à nos fantaisies d'élection et du drapeau de ces fantaisies.

Et le Roi renoncerait aux sages maximes de toute sa vie, aux maximes d'autorité contrôlée, mais libre et forte qu'il a reçue de ses ancêtres. Il renoncerait au moyen exclusif de nous rétablir et d'arrêter la Révolution, en en tarissant la source, pour une théorie au bout de laquelle est, pour lui, le renversement, pour nous, la destruction infaillible.

Et, en se livrant ainsi, il livrerait, avec le dépôt de nos traditions et des vérités qui représentent dix siècles de progrès continu et d'histoire glorieuse, le seul refuge, le seul espoir de salut national, pour embrasser ce que je ne puis qu'appeler le programme du bouleversement perpétuel.

Et il n'y aurait plus rien, pour nous autres Français, dans le monde politique, que les théories les plus folles exploitées par des ambitieux prêts à tout oser et renverser sous les yeux d'impuissants, et d'aveugles marchant d'ébahissement en ébahissement, mais incapables de prévenir le moindre effet, et de saisir la moindre cause !

Le sacrifice dans de telles conditions, ce serait, qu'on le sache, le sacrifice définitif de la France, la dernière planche de sauvetage se dérobant sous nos pas, et nous laissant au-dessus d'un abîme sans limites, et sans fond.

Que vous vous trompez, Monsieur, si vous croyez nous embarrasser un instant avec les paroles que vous empruntez à une autorité toujours vénérable, même quand on a le regret de ne pouvoir la suivre :

« Si, jamais, un peuple aux abois a demandé dans celui
» que la Providence lui a réservé comme sa suprême res-
» source des ménagements, de la clairvoyance, tous les
» sacrifices possibles; c'est bien la France malade et
» mourante (1). »

Quand une personne est atteinte d'une façon affreuse et mettant sa vie en péril, est-ce un ménagement de la part du médecin de ne pas oser toucher à la maladie ou de la traiter avec vigueur.

Vous parlez, Monsieur, de préférences, non de raison, mais de sentiment, de répugnances. Où est le sentiment, vous diriez presque la sentimentalité, si le mot était français, dans les motifs que nous venons d'exposer? Où sont les préférences, car je ne puis appeler préférence, c'est-à-dire l'option après comparaison, le choix immédiat et sans hésitation de ce qui est utile, raisonnable, patriotique; la répulsion invincible pour ce qui est affecté des défauts contraires. Où sont surtout les répugnances? Il s'agit bien de répugnances dans une aversion dictée par les motifs les plus graves et les plus impérieux.

(1) Lettre de Mgr Dupanloup, du 25 janvier 1873.

Qu'il y ait, comme vous le dites, en France, des milliers et, à l'Assemblée (1), des centaines de personnes ayant perdu leurs parents sur l'échafaud et, néanmoins, servant le drapeau tricolore, est-ce à elles à sauver et à rétablir la France ? Leur mission est-elle la même que celle du Roi? Ne pouvant arracher la France à la Révolution qui la tue, ces petits-fils des victimes de 93 la servent telle qu'elle est, en attendant qu'un autre plus autorisé et plus fort accomplisse ce qu'ils sont incapables d'entreprendre. S'il y en a, parmi eux, qui se sont ralliés franchement à la Révolution, qu'on fasse la part des passions, du manque de clairvoyance, et de toutes les formes de la faiblesse humaine.

Serait-il, d'ailleurs, en la possession du Roi de faire du drapeau tricolore, symbole jusqu'ici de toutes les fantaisies d'anarchie, l'emblème de la régénération politique et sociale? On n'y croirait pas avec l'emblème de la Révolution. Il y a des couleurs qui ont un sens si marqué, dans l'imagination populaire, que rien, du moins de quelque temps, ne peut faire prendre le change à leur sujet. Le peuple, d'ailleurs, entre-t-il dans ces subtilités, et une solution franche n'est-elle pas plus conforme à son gros bon sens? Or, c'est avant tout le peuple qu'il faut considérer : car, dans l'état actuel de répartition des forces sociales, la sienne est trop grande pour qu'on n'en tienne pas compte. Le jour où il ne voudra plus de la Révolution, il acclamera le drapeau blanc.

Le gentilhomme parle du sacrifice du drapeau comme du premier sacrifice qu'aurait fait le Roi. Mais, n'en est-ce pas un de rester impassible dans son devoir sous le feu des colères, des calomnies et des injures? N'en est-ce pas un de subordonner le retour dans sa patrie, le bonheur de reprendre la place et de continuer l'histoire de ses pères à la possibilité de rétablir et de refaire la France? N'en est-ce pas un de voir avancer chaque jour le terme de la vie, et de se condamner à la mort la plus sombre, la mort sur une

(1) L'Assemblée nommée en 1871.

terre lointaine, plutôt que de se laisser arracher par un moment de défaillance, notre dernier motif d'espoir ?

Tels sont les seuls sacrifices que puisse faire et que fasse le Roi ! Pour les autres qui seraient une capitulation, il n'est que dans la vérité historique et dans la raison d'être de son rôle, en affirmant ; « Je n'ai ni sacrifices à faire, ni conditions à recevoir. »

Ce n'est pas un médiocre sujet d'étonnement, Monsieur, que de vous voir, vous si respectueux dans la forme envers Monseigneur, raisonner sur le pouvoir royal comme on serait en droit de s'y attendre de la part d'un rédacteur du *Siècle* ou de la *République* (1). Pensez-vous que le respect de ce pouvoir, base et principe de tous les autres pouvoirs, soit si indifférent à la protection de tous? Quand le Roi refuse de le laisser entamer, ce n'est pas tant une prérogative personnelle qu'il défend que la prérogative et la sauvegarde universelles.

Ce n'est pas, dites-vous, le calvinisme qui monta sur le trône avec Henri IV. — Nous vous remercions de nous apprendre ce que nous savions. — Ce n'est pas non plus la Révolution, mais la liberté politique qu'on eût voulu couronner avec Henri V.—Ici les notions se brouillent. Si l'on n'avait voulu que couronner la liberté politique, il y a longtemps qu'Henri V l'aurait été. Mais vous ne comprenez pas ou vous affectez de ne pas comprendre le sens du mot Révolution. Quand vous conviendrez que 1830 était, lui aussi, une forme de Révolution, et qu'adopter ses programmes et son drapeau était adopter les programmes et le drapeau de la Révolution, vous comprendrez, qu'en couronnant Henri V à votre manière, vous conserviez la Révolution, et tout débat entre vous et moi cessera faute d'aliment.

Objection. « Plus heureux que son aïeul, Monseigneur

(1) « Tant que les sacrifices ne retombent que sur les puissances » hiérarchiques, ancien support de la Royauté, c'est bien ! Mais, le » pouvoir royal, oh ! c'est autre chose. Il a beau, en tombant, s'être » quelque peu brisé et endommagé, n'importe ! Monseigneur le veut » tout entier, sans trace de fêlure, sans conditions nouvelles. » (*Les Responsabilités*, p. 63, 64).

» n'avait rien à renier; il n'avait qu'à comprendre et à accepter les nécessités de son temps. »

Réponse. Il est incontestable que Monseigneur n'avait rien à renier, et cela, en grande partie, parce qu'il avait toujours compris, et accepté les nécessités de son temps. Il n'y a qu'une chose qu'il a toujours refusé de comprendre : la nécessité, pour guérir la maladie de son pays, de prendre lui-même cette maladie ! ! ! !

§ 3.

LE PONT DE SÈVRES

Rien de plus incontestable que ces paroles.

« On ne cherche sous les signes que les réalités qu'ils » sont faits pour représenter. Ils ont, comme la monnaie, » outre cette valeur vraie, une valeur quelquefois fictive. »

Mais, quand l'auteur ajoute : « Le drapeau tricolore est » universellement accepté pour le vrai drapeau national, » je cesse de comprendre. Qu'il soit le drapeau anti-traditionnel, le vrai drapeau de la Révolution; que tant que le pays préférera la Révolution, c'est-à-dire les diverses formes de la souveraineté du peuple à l'hérédité, il soit le drapeau de la France, de même que la Révolution sera le gouvernement de la France, soit. Mais le jour où la France sera dégoûtée par une cruelle expérience de la Révolution, et ce jour-là est le seul où le Roi puisse arriver, le drapeau tricolore devra disparaître avec ce qu'il représentait, et dont on ne voudra plus entendre parler (1).

Que prouve l'épisode du pont de Sèvres? que nous étions en pleine crise d'anarchie. La Révolution ne se comprenait pas plus pour ses soldats, sans le drapeau tricolore, que l'hérédité ne se comprendra sans le drapeau blanc.

Nos thèses subsistent intactes. Tant qu'on voudra de la supériorité de la Nation ou des ambitieux qui s'intitulent la Nation sur le Roi, il n'y aura pas lieu de songer à un autre emblème qu'à celui de cette supériorité. Mais, quand des motifs qu'il n'est donné à personne de pénétrer, parce qu'ils sont le secret de la Providence, auront dégoûté la Nation de cette supériorité, et qu'elle se réfugiera dans celle des siècles, alors le drapeau blanc qui est devenu progressivement, naturellement, sans secousse, le drapeau de l'hérédité et de la Nation redeviendra celui de la Nation réconciliée avec l'hérédité.

Tout ce qu'on peut accumuler sur le dégoût de la France révolutionnaire pour le drapeau blanc ne prouve rien ; c'est le dégoût de la France conservatrice et éprise manifestement de l'ordre véritable par la reconnaissance du principe qu'il faudrait démontrer.

Un mot suffit à l'explication de cette question embrouillée à plaisir :

Pour les partisans de la supériorité de la prérogative royale le culte du drapeau blanc est logiquement obligatoire.

Pour ceux, au contraire, qui accordent leurs préférences au principe d'élection, soit par l'universalité du Peuple, soit par les représentants du Peuple, ils doivent, sous peine de se démentir, ne reconnaître que le drapeau tricolore.

Le Roi ne devant revenir que le jour où la majorité de la

(1) On nous répète avec des airs de triomphe : « Ce dernier jour n'arrivera jamais !... » D'abord, c'est une autre question. Il s'agit uniquement ici du jour où le Roi pourra arriver et du drapeau avec lequel il pourra arriver. Ensuite, condamner le Roi à un éloignement sans fin, n'est-ce pas condamner la France à une décadence sans remède. Or, nous avons indiqué les motifs nous empêchant de croire à cette décadence irrémédiable.

Nation ou, plutôt, de ses représentants acclamera la suprématie de l'hérédité, ne peut revenir qu'avec le drapeau blanc.

§ 4

LE DRAPEAU ROUGE.

Les citoyens se gardant eux-mêmes au moyen d'une troupe tirée de leur sein, et à leur merci, le vieux drapeau national détrôné dans une insurrection par les couleurs de Paris (1), les comités d'électeurs de cette ville restés en permanence et réunis en conseil, de leur propre autorité, pour diriger leurs mandataires et maintenir leur influence (2), furent trois résultats contemporains l'un de l'autre, et déclarés d'abord admirables. Bientôt, la garde nationale ramenait son Roi de Versailles pour le tenir captif, d'abord, et l'accompagner ensuite à la guillotine; le drapeau qui avait débuté à la prise de la Bastille devenait celui du 21 janvier; la Commune de Paris se signalait, en terrorisant Paris et la France. Rien n'était plus prévu que cette accumulation de tous les crimes servant de conclusion à toutes les utopies, rien n'était plus logique.

(1) Les couleurs de Paris, celles qui avaient déjà essayé de faire la loi au royaume avec Etienne Marcel, étaient le bleu et le rouge. La Fayette y ajouta le blanc, l'antique couleur nationale.

(2) « Les électeurs, dit M. Thiers, réunis en soixante districts n'avaient pas voulu se séparer après les élections et étaient demeurés assemblés, soit pour donner des instructions à leurs députés, soit, etc. » (*Histoire de la Révolution française*, par A. Thiers, t. Ier, p. 66).

Au milieu de cette transformation, aussi fatale que générale, les couleurs seules du drapeau ne s'étaient point altérées. Telles elles avaient été déployées aux premières victoires de l'émeute sur l'autorité, telles elles étaient encore. Elles devenaient trop pâles, et ne correspondaient plus à la situation. L'anarchie douce et savante du bourgeois ayant conduit aux fureurs brutales de la multitude, ces fureurs exigeaient leur emblème. Elles l'obtinrent avec la nuance la plus voyante, la plus propre par sa ressemblance avec la couleur du sang à enfoncer l'épouvante dans le cœur d'un rival sans courage comme sans principe. Le rouge passa du bonnet du hideux sans-culotte sur le drapeau des insurgés de 1832, 1848, 1871.

Permis à la prudence d'un premier désordre d'en repousser un second plus emporté et plus complet, comme un père vicieux, mais soigneux de sa réputation, repousse un fils tombé stupidement sous le coup de la loi, et de la réprobation universelle. Mais quel était donc le principe de ces monstruosités de crimes ? Qui leur avait donc ouvert la porte ? Qui les avait excitées et fomentées, en détruisant, comme à plaisir, le respect, en s'attaquant à tout ce qui avait été vénéré jusqu'alors ? Quelle était cette cause, si ce n'est le mépris de l'autorité ? On peut, on doit même dire que les fureurs sauvages de populace, qui avaient pour enseigne le drapeau rouge, découlaient du mépris raisonné de l'autorité, ayant pour enseigne le drapeau tricolore. Quand le char est lancé sur une pente, il redouble de vitesse en avançant. Quand le drapeau de l'insurrection devint le drapeau national, on ne fut pas éloigné, pour l'émeute, du drapeau altéré de meurtres. Le scepticisme se piquant de ne croire qu'à ce qui lui est avantageux, l'égoïsme orgueilleux s'irritant autant contre les appétits d'une foule qui le gêne que contre des supériorités intolérables à l'amour-propre, avaient beau s'étonner et se récrier. Ils récoltaient les maux qu'ils avaient semés.

Le drapeau tricolore ne peut plus être accusé d'être aujourd'hui l'emblème des jours néfastes. Il les a énergiquement reniés en les combattant avec héroïsme ; mais drapeau des gouvernements d'autorité d'aventure ou de négation de l'autorité véritable, n'a-t-il pas été rigoureusement, et sans qu'il soit besoin d'exagération pour le soutenir, le drapeau des gouvernements causes premières de tous les excès.

L'auteur parle d'une Révolution acceptée par Monseigneur, et d'une Révolution impie et à jamais stérile, repoussée par l'universalité des gens de bien. Quelle confusion de langage !...... Est-ce pour tout embrouiller qu'on désigne, sous la même appellation, deux choses aussi différentes que le progrès des temps, et cette suite d'abominations qu'on n'entendrait pas, si on les appelait d'un autre nom que du nom de Révolution?

Encore une fois, le Roi accepte tous les progrès, jamais la Révolution, ni celle de la révolte modérée et du drapeau qui la symbolise, ni celle de la révolte en démence et de drapeau de la fusillade et du pétrole.

Vous dites : « Nous haïssons la Révolution régicide.
» athée; (Pourquoi régicide? La Révolution du drapeau
» rouge n'a encore conduit, en France, aucun Roi à l'écha-
» faud), plus peut-être que Monseigneur n'a personnelle-
» ment le droit de la haïr. »

Pardon! Monseigneur n'admet rien de ce qui pourrait y mener, et vous, vous ne cessez de faire ou de laisser faire tout ce qui y conduit. Comprenez, par la différence de conduite, la différence des haines, et surtout, s'il y a moyen, la différence des clairvoyances.

§ 5.

CONSÉQUENCES DE CETTE AFFIRMATION.

Les conséquences de cette affirmation, que le drapeau tricolore est le drapeau de la Révolution, ces conséquences, qui consisteraient pour le Roi à passer de la répulsion du drapeau tricolore à l'aversion de ceux qui l'ont servi, n'existent, bien entendu, que dans l'esprit voilé à dessein, m'affirme-t-on, peu éclairé, préféré-je croire, de l'auteur. Où le gentilhomme ignore le premier mot du sujet dont il traite, ou il sait que le même prince, qui a déclaré ne devoir jamais accepter un emblème de la Révolution, écrivait le 22 août 1870 (1) :

« Condamné par l'exil à la douleur de ne pouvoir com-
» battre pour ma patrie, j'admire, plus que personne, les
» prodiges de valeur de notre héroïque armée, et je veux,
» du moins, venir en aide, autant qu'il est en moi, à nos
» soldats blessés, en accomplissant le plus saint des de-
» voirs. »

Et, quelques jours plus tard, cette autre lettre que vous connaissez, puisque vous la transcrivez, mais de quelle manière (2) :

« Au milieu de toutes ces poignantes émotions, c'est
» une grande consolation de voir que l'esprit public, l'es-
» prit de patriotisme ne se laisse pas abattre et grandit
» avec nos malheurs. Je suis heureux *que nos amis aient*
» *si bien compris leurs devoirs de citoyens et de Français.*
» Oui, avant tout, il faut repousser l'invasion, sauver, à
» tout prix, l'honneur de la France, l'intégrité de son ter-
» ritoire. Il faut oublier, en ce moment, tout dissentiment,
» mettre de côté toute arrière-pensée.

» Nous devons au salut de la patrie toute notre énergie,
» notre fortune, notre sang. »

Après ces paroles empreintes d'un patriotisme vraiment royal et paternel, que signifient les basses ironies et les misérables insinuations du gentilhomme ? A quelle pauvreté de raisons est-il réduit pour descendre à de pareilles

(1) Lettre au comte de Flavigny, président de la Société internationale de secours aux blessés.

(2) Lettre à M*** du 1er septembre 1870. L'auteur connaît si bien cette lettre qu'il la cite en forme de note et même avec plaisir, affirme-t-il. Mais qui donc lit les notes? S'il avait intercalé le texte royal dans le sien, le sien eût perdu beaucoup de piquant.

bouffonneries qui feraient sourire, si elles ne juraient pas trop avec les circonstances où elles s'étalent, et n'étaient l'indice d'un égarement affreux et, hélas! trop répandu. Il suffit de citer ces misères pour en faire justice :

« Ainsi, vous serviez la Révolution, la hideuse Révolu-» tion (hideuse, pas à ce moment! L'auteur force sa propre » pensée pour ajouter à l'effet, et rendre l'ironie plus mor-» dante. La Révolution hideuse, en 93, et à la Commune » de 1871, n'était que pernicieuse sous le gouvernement » de la Défense nationale), vous, mes bons amis, vous, » les plus loyaux serviteurs du Roi (les plus loyaux » serviteurs du Roi, ses bons amis, peste! je doute qu'ils » lui accordassent le certificat qu'il se décerne à lui-même » trop aisément), Carayon-Latour, Cazenove de Pradines, » la Rochethulon, de Legge, Quinsonas, Costa de Beaure-» gard, et tant d'autres qui sont morts, les Vogué, les » Dampierre, les de Luynes. Et vous aussi, Cathelineau, » Stofflet, Charette, vaillants zouaves, vous serviez la » Révolution, lorsque vous combattiez les Prussiens à l'ombre » du drapeau tricolore.

» On ne doit servir sa patrie que sous le drapeau » blanc. »

On a vu dans les fragments de lettres royales cités plus haut comment, dans la pensée du Prince, les Charette et les Cathelineau ne servaient « que la Révolution, lorsqu'ils » combattaient les Prussiens à l'ombre du drapeau trico-» lore. » On vient de voir comment « on ne doit servir sa » patrie que sous le drapeau blanc. »

Laissons ces indignités, et, au lieu de poursuivre dans le champ de la fantaisie ignoble et de la calomnie sans pudeur, finissons ce chapitre qui suffirait à la confusion de quelqu'un susceptible de confusion par ces paroles du Roi aussi belles que celles de son adversaire sont rebutantes.

« La vraie mère préférait abandonner son enfant, plutôt » que de le voir périr.

» J'éprouve le même sentiment, et je dis sans cesse : » mon Dieu, sauvez la France, dussé-je mourir sans la » revoir. »

Ainsi, même soumise à des dictateurs de carrefour, même sous le joug d'un Ranc ou d'un Challemel, le Roi, véritable père de la patrie, appelait hardiment sa victoire, et embrassait dans une même et vive reconnaissance tous ceux qui s'y dévouaient.

§ 6.

AUTRE CONSÉQUENCE DES DÉCLARATIONS DE MONSEIGNEUR.

Ce qui traduit en français honnête et franc, signifie : autre falsification des paroles de Monseigneur, autre conséquence fausse et mensongère des déclarations imputées mensongèrement à Monseigneur.

C'est la continuation du chapitre précédent. — Le rêve malsain de la haine se donne libre carrière !.....

On serait heureux que le Roi eût conseillé à ses amis de ne pas prendre part à la dernière guerre et de laisser écraser la France. — Eh bien, vous l'ignorez peut-être, mais Monseigneur ne permet pas qu'on combatte sous un autre drapeau que le drapeau blanc.

On serait heureux que le Roi conseillât à ses amis de livrer la France au désordre. — Eh bien, vous l'ignorez encore peut-être, mais si la démagogie ou le césarimes triomphent, la faute en sera à l'abstention du parti légitimiste.

Je ne puis me refuser d'insister sur cette dernière trouvaille. Elle équivaut à ceci :

Le parti légitimiste s'abstient d'organiser des régimes qu'il regarde comme la préface obligatoire du radicalisme et de l'empire. Donc, parce qu'il aura refusé de contribuer à l'organisation de la préface du radicalisme, et de l'empire, il aura organisé le radicalisme et l'empire.

Le parti légitimiste n'aura pas voulu nommer des sénateurs, ennemis d'une forme de gouvernement glorieuse et neuf fois séculaire; partant, ennemis du rétablissement intérieur et extérieur de la France. Donc, en ne nommant pas les ennemis du rétablissement intérieur et extérieur de la France, il aura contribué à la perte intérieure et extérieure de la France.

Le parti légitimiste aura refusé de prendre part à une organisation qu'il regarde comme puérile, dangereuse et coupable ; puérile, cela n'a pas besoin de commentaires, il suffit de regarder et de songer à la révision, dangereuse parce qu'elle conduit nécessairement, sinon au tombeau de la France, du moins à des manières de gouvernements qui seront une occasion de nouveaux et plus graves échecs pour elle, coupable parce qu'elle couvre et satisfait les passions les pires : la haine du droit, les fureurs de l'ambition, l'éloignement jaloux d'une grandeur demeurée intacte au milieu de l'abaissement universel. Donc, pour avoir repoussé une organisation ridicule, dangereuse et coupable, le parti légitimiste sera responsable des ridicules, responsable des dangers, responsable des causes honteuses qui les auront amenés.

Qui l'emporte dans le camp libéral, de la logique ou de la véracité? Tirer de faits controuvés des conséquences inadmissibles, et puis, triompher de ces faits et de ces conséquences, voilà le chef-d'œuvre. *Sic itur ad astra*, c'est-à-dire à l'Académie et aux portefeuilles.

Tous les mots seraient à relever. Je me suis contenté de l'esprit général, pour n'être pas obligé de m'étendre démesurément. Parmi toutes ces phrases lancées, sinon avec adresse, du moins avec une perfidie calculée, il en est une, néanmoins, celle de la fin, qu'il y aurait négligence impardonnable à ne pas transcrire.

« A présent que Monseigneur n'en veut pas d'autre. »

Il s'agit du drapeau blanc sur lequel le Roi, d'après cette proposition, n'a pas toujours été fixé.

Or, que le gentilhomme me cite un passage, un seul, soit d'une conversation, soit d'une lettre où l'on puisse inférer raisonnablement des paroles du Roi qu'il renonçait au drapeau de l'hérédité. Qu'il me cite ce passage, et je lui promets de me convertir à toutes les opinions de sa brochure.

§ 7

CONCLUSION ET RÉSUMÉ DE LA PRÉSENTE LETTRE.

Après avoir accusé le Roi et ses fidèles de tous les maux dont la Révolution, ennemie acharnée de la Royauté et de tout ce qui s'y rapporte, menace encore notre malheureuse patrie, vous jugez à propos d'injurier les royalistes par une compassion inopportune. C'est trop, Monsieur. Ils ne méritent pas cette ignominie. Pas de vaine commisération, je vous prie, pas de pitié insultante, pas de larmes de crocodile. Nous n'avons nul besoin qu'on s'apitoie sur notre sort. Les gémissements hypocrites que vous nous accordez me rappellent trop ceux du Prince, seul traître de son nom au milieu d'une longue suite de fidélité.

Le connétable de Bourbon du parti des ennemis se présenta pour consoler Bayard. « Monseigneur, lui dit le capitaine : ne faut avoir pitié de moi, mais de vous qui estes armé contre vostre roy, vostre pays et vostre foi »(1).

Comment regretteriez-vous votre part, vous membres de l'Extrême Droite, vous qui, au milieu des volte-face et des défections les plus imprévues, êtes demeurés fidèles aux enseignements de l'histoire de notre France et à son Roi. Qu'aux élections, vous soyez plus en butte que tout autre parti aux préjugés les plus stupides; que, même, ces préjugés vous infligent une défaite triomphante à l'égal d'une victoire; que peu de personnes aient actuellement l'honneur de vous comprendre dans ce pays; que l'immense majorité y appelle aveuglement votre prudence, entêtement votre prévoyance, manque de lumière votre connaissance des vraies et seules conditions de la grandeur nationale, chimère absurde l'unique moyen de rendre à la patrie son ancien lustre, vous n'aurez pas à vous plaindre, vous n'aurez pas seulement à vous émouvoir : vous demeurerez avec la conscience de votre devoir accompli, avec la certitude de l'exemple salutaire donné, en restant attachés au milieu du siècle du mépris de l'autorité et de l'anarchie sociale, au respect de l'autorité et à l'obéissance sociale, avec l'orgueil d'être les premiers ayant provoqué la France au retour d'où peut seule sortir sa résurrection. En face du Roi qui, seul, peut nous tirer de la maladie où nous agonisons, parce que seul de nos gouvernants il s'en sera préservé complétement, en face du Roi digne fils de saint Louis par ses vertus, sa hauteur d'âme et sa magnanimité, vous serez les seuls hommes politiques ayant mérité ce nom, les seuls ayant compris le mal et le remède. Si l'on vous accuse, si l'on vous assiége, si, à bout de reproches et d'injures, on essaye par des caresses et des flatteries de vous tourner et de vous séduire, ne succombez pas à la dernière heure. Vous perdriez, en une minute, et au moment où va cesser le combat, le bénéfice d'un rôle longtemps soutenu avec honneur, et d'une conduite sans reproches comme sans défaillance.

(1) Chateaubriand. *Analyse raisonnée de l'histoire de France.*

Le titre de ce paragraphe annonce un résumé de la lettre septième. Tenons notre promesse :

Le Roi a déclaré qu'il ne serait jamais « le roi légitime de la Révolution », et nous avons démontré que rien n'est plus fondé, plus logique, plus clair que le sens dans lequel il entend le mot de Révolution. Tout attentat contre l'antique mode de souveraineté nationale, contre l'hérédité séculaire ; voilà la Révolution (1). Tout ce qui, de près ou de loin, a participé ou participe à cet attentat, en est souillé, et doit être repoussé par le représentant du Droit ennemi né de la Révolution, et ayant mission spéciale de nous en préserver.

Rien de plus incontestable donc et de mieux fondé que les deux déclarations royales : 1° au sujet de la Révolution; 2° au sujet du drapeau.

Reste la troisième déclaration, celle relative au refus d'abdication. On va voir si le Roi y a encore agi, conformément aux règles du devoir, et aux lois d'une sage politique.

---

(1) En politique le simple changement amené par le temps ou les réformes s'appelle progrès.

HUITIÈME LETTRE

L'ABDICATION

Au lendemain de l'affreux soulèvement de la Commune, de cette orgie dans laquelle aurait disparu la fortune de la France, si le désordre de Paris s'était communiqué à la province, le Roi, confirmé dans des opinions, fruit du travail et de la réflexion de toute sa vie, écrit un manifeste où éclatent, de la façon la plus visible, deux sentiments qui ne l'ont jamais quitté : l'amour des libertés et du contrôle, l'éloignement du mouvement révolutionnaire qui les a pervertis, et à des réformes fécondes a substitué une nécessité de bouleversements continus qui ne peuvent aboutir qu'à une ruine totale. La prévenir, empêcher le retour des effets, en supprimant les causes, est le plan tout indiqué dont il se hâte de tracer les règles dans le manifeste suivant :

« Dieu aidant, nous fonderons ensemble, et, quand » vous le voudrez, sur les larges assises de la décentra- » lisation administrative et des franchises locales, un » gouvernement conforme aux besoins réels du pays. »

« Nous donnerons pour garantie à ces libertés publi-

» ques auxquelles tout peuple chrétien a droit, le suf-
» frage universel honnêtement pratiqué et le contrôle
» des deux Chambres, et nous reprendrons, en lui res-
» tituant son caractère véritable, le mouvement national
» de la fin du dernier siècle.

» Une minorité révoltée contre les vœux du pays en
» a fait le point de départ d'une période de démoralisa-
» tion par le mensonge et de désorganisation par la vio-
» lence. Ses criminels attentats ont imposé la Révolution
» à une nation qui ne demandait que des réformes et
» l'ont, dès lors, poussée vers l'abîme où, hier, elle eût
» péri, sans l'héroïque effort de notre armée.

» Ce sont les classes laborieuses, ces ouvriers des champs
» et des villes dont le sort a fait l'objet de mes plus vi-
» ves préoccupations, et de mes plus chères études, qui
» ont le plus souffert de ce désordre social.

» Mais la France, cruellement désabusée par des désor-
» dres sans exemple, comprendra qu'on ne revient pas à
» la vérité en changeant d'erreur; qu'on n'échappe pas
» par des expédients à des nécessités éternelles.

» Elle m'appellera, et je viendrai à elle, tout entier, avec
» mon dévouement, mon principe et mon drapeau.

» A l'occasion de ce drapeau, on a parlé de conditions
» que je ne dois pas subir. » . . . .

. . . .

» Non, je ne laisserai pas, parce que l'ignorance ou la
» crédulité auront parlé de privilèges, d'absolutisme ou
» d'intolérance, que sais-je encore! de dîme, de droits
» féodaux, fantômes que la plus audacieuse mauvaise foi
» essaye de ressusciter à vos yeux, je ne laisserai pas
» arracher de mes mains l'étendard d'Henri IV, de Fran-
» çois Ier et de Jeanne d'Arc. »

Tout est contenu dans ces quelques lignes, et le programme de ce qu'il faut édifier, et le programme de ce dont il faut se garantir. Au premier appartiennent la décentralisation administrative, les franchises locales, le respect des libertés publiques auxquelles tout peuple chrétien a droit, le contrôle de deux Chambres, la continuation de l'admirable mouvement contenu dans les cahiers de 89 et aidé par la Royauté, double courant qui nous apportait, sans secousses et plus complétement les progrès attribués par notre ignorance à la Révolution ; le respect des classes laborieuses principales victimes du désordre social ; le retour au drapeau qui fut, au moyen âge, celui de notre reconstitution territoriale avec Jeanne d'Arc, et, dans ces temps modernes, celui de la formation définitive de l'unité et de la suprématie française, le drapeau de la paix de Westphalie, et de la conquête de nos frontières; paix déchirée, frontières perdues avec le drapeau tricolore.

Au second programme, au programme des dangers qu'il importe d'éviter, en en supprimant les causes, appartient la réaction nécessaire contre les visées d'une minorité factieuse qui a fait, d'un mouvement national dans son origine, « le point de départ d'une période de démo- » ralisation par le mensonge, et de désorganisation par » la violence. » . . . . « criminels attentats » qui ont abouti à l'abîme où, « hier (1), la France eût péri, » sans l'héroïque effort de notre armée. »

Si, quand un Prince a prononcé des paroles aussi nobles, aussi élevées, et en même temps, aussi pleines de sagesse et de sens, il s'est tellement isolé de la masse de l'opinion et des courants à la mode qu'il doit abdiquer, il faut avouer que la Nation est bien malade, si elle n'est pas morte. Dieu merci ! tout autre est la vérité. Il se forma dans la Nation deux opinions sur la lettre royale, de même qu'il y avait, en celle-ci, deux parts. La première opinion qui, reconnaissant dans le manifeste ses vœux de rénovation et de réforme exprimés seulement dans un langage qu'elle aurait difficilement égalé, salua avec enthousiasme le Prince qui ajoutait aux droits de sa naissance le titre de bienfaiteur et de restaurateur de son Peuple. La seconde opinion qui vivant du désordre et de

(1) C'était au lendemain de la Commune.

l'anarchie ; soit en grand, avec des titres sonores, les ambassades et les portefeuilles ; soit en petit, en attaquant et sapant chaque jour, dans une moindre sphère, les fondements de tout ordre social, entra dans une colère indicible contre le Prince qui l'avait pénétrée et la démasquait si bien. La situation étant telle, quelle eût été la bassesse, quelle eût été la lâcheté du Prince qui, après avoir formulé un programme aussi admirable, le programme de notre salut, au lieu de travailler à son accomplissement et à le faire passer du domaine vain de la théorie dans le domaine fécond des faits, l'eût abandonné, eût abandonné ses partisans (les partisans des réformes nécessaires), et se fût abandonné lui-même, en se suicidant par une abdication. Je ne crois pas que, dans la langue française, il y aurait eu un terme assez fort pour stigmatiser une telle conduite, un tel oubli de toutes ses promesses et de tous ses devoirs. Eh bien, voilà ce qu'un écrivain qui se proclame gentilhomme, et s'intitule, à chaque page, sinon royaliste, du moins admirateur de la Monarchie et de ses bienfaits, ne rougit pas de proposer au chef de la Monarchie ! voilà ce qu'un écrivain qui vante les princes actuels de la maison de France ose écrire de leur aîné. On est vraiment embarrassé pour savoir qui l'emporte, en cet endroit, de l'ineptie ou de l'ignominie ; de l'ineptie, car sans une véritable infériorité intellectuelle, comment qualifier un document aussi remarquable que celui du 5 juillet 1871 de manifeste impliquant l'abdication ? de l'ignominie, car je doute que le sans façon du césarisme ou la mauvaise éducation de la démagogie soient plus impertinents que les perfidies emmiellées et les insinuations doucereuses de ce digne *politique* !!...

« Exilé sans savoir pourquoi, presque au sortir du berceau, demeuré ainsi étranger, depuis plus de quarante ans, non de cœur, certes, mais de fait à la vie nationale, à ces impressions, à ces réflexions, à ces sentiments qui ne s'éveillent qu'au spectacle, au contact même des événements et des hommes. »

Et cette fantaisie de haut goût, véritable persiflage, se poursuit tout un long paragraphe.

Je me souviens d'avoir entendu dire à un esprit à la fois très-fin, très-curieux, très-avide de connaissances de toute nature : « Ayant été voir Monsieur le comte de Chambord à » Frohsdorf, et ayant été interrogé par lui sur mon dé- » partement, quelle ne fut ma surprise quand je vis qu'il » le connaissait mieux, au point de vue politique, social, » commercial, industriel, que moi-même. Je crois que, sur » chacun de ces chapitres, il eût fait l'étonnement de » spécialités! »

Pour passer de la science des détails à celle plus compliquée, et beaucoup plus rare de l'ensemble, certes, ce n'est pas une médiocre preuve de la connaissance profonde de l'état d'un pays que d'aller droit à l'application du remède le plus efficace. Or, pour qui est capable de réfléchir sur notre siècle bientôt de bouleversements, et sur sa coïncidence avec notre régime de Révolution, comment ne pas associer deux faits qui se touchent, et se confondent en tant de points, qu'il est impossible de considérer l'un sans aussitôt apercevoir l'autre.

C'est sans doute pour ce don de clairvoyance que le Ciel lui a départi, mais dont je comprends que le désordre se soucie peu, que rien ne vaudrait l'abdication du Roi Henri V.

§ 1

PIERRE DE MOURON.

Le récit est assez bien présenté ou inventé (1). Mais, cet archevêque qui s'exerce à ridiculiser l'infaillibilité politique, (véritable besogne de Don Quichotte lorsqu'il s'agit du Roi : Qui donc, excepté les doctrinaires, a jamais prétendu à l'infaillibilité politique ?) était-il partisan d'une autre infaillibilité beaucoup plus certaine, avant même qu'elle ne devînt un dogme ? Au reste, ne nous égarons pas dans des conjectures dont, peut-être sous cape, se divertit l'auteur. Je soupçonne le conte de l'être plus qu'il ne dit. A-t-on jamais entendu un prince de l'Église parler, avec cette légèreté, d'un personnage mis par l'Église sur nos autels ?

A côté du jugement d'un prélat mystérieux ou, plutôt, supposé, citons celui du Prince de tous les évêques, d'un Pape vénérable entre tous les Papes, et dont toutes les paroles, qui sont les oracles de son siècle, doivent être méditées. L'au-

(1) Je parle bien évidemment de l'application qui en est faite. Là se trouve l'invention. Chacun sait que le Pape Célestin V, nommé d'abord Pierre de Mouron, et qui était entré dans l'ordre des Bénédictins, fut tiré de sa cellule pour être élevé au Pontificat Suprême en 1294 ; que, cinq mois après, il se démettait de la Tiare. Clément V le canonisa.

guste Pie IX, ce pontife si bon appréciateur de la supériorité morale et intellectuelle qu'il résume au plus haut degré, ce pontife pour lequel Henri V a toujours professé une vénération toute filiale, le jugeait ainsi, le 5 février 1873, c'est-à-dire postérieurement à ce fameux manifeste du 5 juillet 1871, si fort en possession de dérouter et d'exaspérer le gentilhomme : « Vous direz à Henri que tout ce qu'il » dit est bien dit, et tout ce qu'il fait est bien fait. » Veut-on d'autres témoignages empruntés à des membres de l'Église! chacun peut s'en produire à soi-même, en rappelant ses souvenirs. Les jésuites occupent, je crois, leur place à l'avant-garde de la milice chrétienne. Un de leurs pères, s'exprimant à l'une des solennités d'un de leurs plus fameux colléges (1) sur les espérances qui avaient suivi M. Chesnelong en Autriche, le faisait dans des termes que n'eût désavoués aucun royaliste, et auxquels le journal l'*Union*, peu suspect, je crois, en matière d'orthodoxie monarchique, rendait hommage. Il serait facile de multiplier les exemples établissant la parfaite conformité de sentiments qui a presque toujours régné entre le Roi, et l'immense majorité des membres du clergé. Une étude curieuse serait même celle qui rapprocherait les sentiments des ennemis de la suprématie pontificale, tant que sa reconnaissance ne fut pas obligatoire, des sentiments des ennemis du pouvoir du Roi.

L'accord entre les deux opinions serait instructif, et pourrait ouvrir les yeux bien intentionnés. On verrait, comment dans des sphères différentes, et d'une importance inégale, il est vrai, (le trône de saint Louis est loin, nous le savons, d'avoir les promesses de la Chaire de Pierre), mais qui se touchent par plus d'un point, les mêmes hommes, qui se sont le plus récriés contre la définition de l'infaillibilité papale, s'indignent à l'idée non pas de l'infaillibilité, (il faut leur laisser cette sottise), mais de la suprématie politique du Roi : tant il est vrai que tous les désordres sont frères, et que cette monstrueuse souveraineté populaire,

(1) Une distribution de prix présidée au collége de l'Immaculée-Conception par M. Cheneslong.

plus ou moins déguisée, est au fond des deux anarchies, politique et religieuse. Ainsi, il n'y a pas lieu de s'étonner des sentiments politiques des amis religieux du Centre Droit.

Je connais même une sorte de catholiques avec lesquels il serait politiquement, (qu'on n'ajoute pas à mes paroles), encore plus d'accord : ce sont les vieux nés d'hier; les catholiques de Genève, et de M. de Bismarck.

Maintenant, que nous sommes édifiés sur les sources d'où le gentilhomme fait descendre toute sagesse, venons-en à l'ordre de considérations qu'il met dans la bouche de son prélat imaginaire. Le mode d'argumentation est bien simple. Il consiste à partir de n'importe quelle supposition, et à en tirer toutes les conséquences qui plaisent : « Monseigneur n'est ni de son temps, ni possible, donc il faut qu'il abdique. » Je pourrais répliquer, avec un égal fondement, et, même, avec des raisons beaucoup meilleures, m'appuyant sur de nombreux documents : Monseigneur est essentiellement de son temps et possible. Donc il est nécessaire qu'il règne. Ainsi, nous parlerions des heures entières, sans aucune chance de nous rencontrer, et, encore moins, d'en finir.

C'est bien vite fait de lancer quelques phrases banales, pour toute preuve d'affirmer ce qui est en question :

« Vous saurez donc qu'un prince temporel, si légitime qu'il soit, lorsqu'il ne connaît ni les hommes ni les choses, ni les possibilités, ni les difficultés de son pays et de son temps, lorsqu'il a passé presque toute sa vie à l'étranger, faisant là, sans contradicteurs, de la politique abstraite, vous saurez qu'un tel prince, avec toute la piété et les vertus possibles, ressemble fort à Pierre de Mouron dans son cloître. »

Il est certain que, si le Roi était tel qu'on le dépeint ici, son règne serait une calamité, mais l'est-il? Parler, comme on vient de le faire, c'est parler pour ne rien prouver. Je veux, qu'avant de tirer des conséquences d'une accusation, on établisse cette accusation elle-même. Or, la meilleure, la seule manière de connaître le bien ou mal fondé d'opinions politiques, est de les rapprocher des enseignements de l'histoire, la politique étant une science, avant tout, expérimentale, et où nous ne pouvons avoir de données sur ce qu'il importe de vouloir et de faire aujourd'hui que par l'étude des événements écoulés. Or, voici une théorie, la souveraineté du peuple, qui, en moins d'un siècle, a trouvé moyen de se donner plus d'une douzaine de transformations, et à nous autres, pauvre matière à expérience, une douzaine de gouvernements et de constitutions, tandis que, pour une longue suite de siècles, il n'avait fallu qu'un mode de gouvernement : l'hérédité de mâle en mâle, et par ordre de primogéniture, et qu'une constitution (1), non pas, il est vrai, susceptible d'être mise en poche, mais écrite « ès cœur des Français », mais profondément nationale par la façon dont elle était adaptée à nos précédents, à notre caractère, à nos besoins, à nos défauts, à nos qualités, mais aussi perfectible dans les détails où tous les progrès étaient admis qu'immuable dans sa base qui était l'hérédité. J'ai honte de dire que le Roi ne prétend nullement remonter jusqu'à Louis XV, comme l'insinue charitablement le gentilhomme, (il faut notre acceptation bénévole de toutes les niaiseries, pour que je sois contraint de réfuter celle-ci). Toutefois, en présence des longs succès de l'hérédité, de l'échec constant de la Révolution, le Roi ne peut-il pas, ne doit-il pas s'attacher à repousser aussi énergiquement le mode de destruction, le marteau démolisseur de notre patrie qu'il revendique avec ardeur, pour elle, toutes les réformes, tous les progrès réels?

Être l'homme de tous les progrès, n'être jamais l'homme de la Révolution, n'est-ce pas être l'idéal du bon politique, l'homme moderne par excellence, le seul homme comprenant et voulant sauver la France ?

(1) « On outrage donc la France, on outrage l'histoire, on outrage le bon sens, quand on dit que ce beau royaume, le plus beau des royaumes après celui du Ciel, n'avait pas de constitution... Nous avions une constitution avec notre vieux droit public et notre monarchie assise sur les lois .. On n'invente pas une constitution, cela serait trop niais. Une constitution fait partie des mœurs, des coutumes, des traditions d'un pays. » (Poujoulat. *Histoire de la Révolution française.*)

§ 2.

AUTRES RAISONS — AUTRES EXEMPLES.

Autres raisons qui ne sont ni raisonnées, ni raisonnables, ni, surtout, autres, mais la répétition de ce que nous avons déjà rencontré et réfuté, rencontré encore et réfuté de nouveau, autres exemples qui ne sont convaincants à aucun degré. Il y a même lieu d'applaudir quand ils sont de cette dernière sorte, et ne signifient rien, absolument rien, ni pour, ni contre. C'est là, le seul mérite de l'ouvrage d'être souvent inoffensif à force d'insuffisance. Ce genre de mérite, un peu involontaire, vaut mieux que d'être pernicieux à tant d'honnêtes gens, sans moyen de contrôle, sans principes arrêtés, sans réflexion comme sans loisir, ni courage de s'éclairer.

Mais hâtons-nous d'entendre l'auteur. On s'étonnera que nous le négligions si longtemps.

« Au fond, pour Monseigneur, de quoi s'agissait-il?

» De descendre du trône. — Point ! Monseigneur n'y était jamais monté. »

A la bonne heure. Voici un de ces traits d'innocence que je signalais. Bon gentilhomme, la Palisse vous remercie ! ! !.....

« De renoncer, pour son compte, à occuper ce trône vacant !

» Non, si Monseigneur voulait bien y monter comme » Roi constitutionnel. A ce titre, et à ces conditions, la » France l'y eût porté dans ses bras ! »

Ici l'on devient plus dangereux pour qui n'est pas informé. Le Roi accusé de n'être pas constitutionnel, lui qui n'a jamais voulu régner que selon une constitution, mais constitutionnel, dans une certaine langue, équivaut à révolutionnaire ! ! !

« Malheureusement, Monseigneur voulait bien être Roi,
» mais sans condition, Roi de l'ancien régime et avec le
» drapeau de l'ancien régime. »

Autant de mots, autant de réfutations indispensables, bien qu'elles rentrent dans ce qui a été exposé. Le Prince est-il Roi de par l'hérédité ou de par l'acceptation de certaines conditions ? Dans le premier cas, pourquoi et comment des conditions ? Il règne par droit de naissance. Il règne parce qu'il est le Roi. Dans le second cas, pourquoi se préoccuper de l'hérédité ? N'a-t-on pas, sous la main, plus de rois qu'il n'en faut. Qu'on leur stipule quelques avantages, et ils accepteront tout. Ils n'ont pas à refaire la fortune de la France, mais à édifier la leur. Pour le Roi, ne lui parlez pas de conditions qu'il ne peut accepter qu'en cessant d'être ce qu'il est. Ou l'hérédité ou la souveraineté du peuple. Sachez vouloir l'un ou l'autre, mais renoncez à l'un et à l'autre. L'accord entre ce qui est la contradiction même est chimérique.

En étant Roi uniquement de par l'hérédité et sans mélange de principe contraire, le Prince n'est pas plus Roi de l'ancien régime que ne le furent, chez nous, Louis XVIII et Charles X, et que ne le sont actuellement tous les souverains de l'Europe, régnant, un seul sans constitution (1), les autres avec constitution, mais des constitutions accordées à leurs peuples, lorsqu'ils étaient au milieu d'eux, et que nul ne contestait leur droit héréditaire.

Quant à l'énorme mot d'ancien régime appliqué au drapeau de 1815 à 1830, nous avons insisté tant de fois

(1) L'Empereur de Russie. Si j'omets le Turc, c'est qu'il faut le misérable état où est tombée l'Europe chrétienne pour qu'il y campe encore.

sur le cas qu'il en fallait faire que nous sommes dispensé d'y revenir (1).

« Nous reprendrons, disait-il (le Roi), en lui restituant » son véritable caractère le mouvement national de la fin » du dernier siècle. »

Sans doute, et pour nous répéter encore, cela signifie : nous reprendrons, pour les développer, tous les progrès qui datent des cahiers des trois ordres, et de l'initiative royale en 89.

« On continue l'histoire, on ne la recommence pas, et surtout une telle histoire. »

Aussi, n'est-il question ni de la recommencer, ni même de l'interrompre. On la continuera sans aucun doute, mais, exclusivement, dans ce qu'elle renferme de salutaire et de vivant. On se contentera d'éliminer tout ce qui est désordre. Voilà le programme royal. Rien de moins imaginaire, rien de plus progressif.

« La Royauté inconditionnelle rêvée par Monseigneur est abolie. »

Pardon ! la Royauté conditionnelle n'existe sur aucun trône de l'Europe, à la réserve peut-être du trône belge. Ne confondez pas la Royauté conditionnelle ou contractuelle avec la Royauté se mouvant dans les limites d'une constitution. La première n'est connue que d'un pays, la seconde fleurirait en France avec le Roi comme elle fleurit sur tous les trônes de l'Europe.

« Monseigneur exigeait l'impossible, et, devant cette » impossibilité, naquit naturellement la pensée d'abdica- » tion qu'on lui prêtait. »

Nous avons prouvé, jusqu'à la satiété, comment Monseigneur n'exigeait nullement l'impossible, mais seulement ce qui existe dans toute l'Europe.

(1) Le drapeau blanc est le drapeau de la France et du Roi amené progressivement, logiquement, non par secousses et soulèvements de peuple ou de princes, mais par le cours des temps et la logique des choses, le drapeau ayant présidé au XVIIIe siècle comme il présida au XVIIe et présidera à la fin du XIXe, si celui-ci doit se relever. Il n'est ni de l'ancien, ni du nouveau régime; il est essentiellement national. (Voir l'étude de M. Sepet, *le Drapeau de la France*).

« On n'est Roi ni pour soi, ni pour une poignée d'amis » fidèles ; on ne l'est pas pour réaliser un rêve qu'on a » fait et gouverner, au gré de ses désirs, un peuple ima- » ginaire. »

Cela est évident et su par le Roi mieux que par tout autre. Nous revoilà en plein la Palisse !

« De tous côtés j'entendais dire : il n'en coûtera rien à » Monseigneur, s'il veut régner, d'abdiquer des préten- » tions vaines. »

Des prétentions vaines (1) ! cela est facile à dire, mais beaucoup plus difficile à prouver. Pour n'avoir pas à nous répéter une vingtième fois, et ne pas décourager le lecteur qui ne comprend pas que nous ayons affaire à pareil sourd, nous renvoyons le gentilhomme à ce que nous avons écrit.

« Quelle vocation que celle des rois ! qu'elle est sévère ! » quelle responsabilité ! Plusieurs n'ont eu, dans toute » leur vie, qu'une occasion de s'en montrer sinon capa- » bles, au moins très-dignes ; et c'était, hélas ! au moment » de leur abdication ! »

Oh ! la Palisse, voilà encore de tes coups dans la première phrase ! Avec une fade ironie dans la seconde gâtant la bonhomie sans fiel de ta première manière. Nous avons vu ce que serait l'abdication du Roi au moment où il vient d'indiquer le seul remède, et s'est engagé à l'appliquer.

Ferdinand, Empereur d'Autriche, qui abdiqua en 1848, Charles-Emmanuel de Savoie, qui avait donné au commencement de ce siècle un exemple semblable, étaient-ils dans les mêmes conditions que le Roi ? Non, mille fois non.

L'auguste Empereur Ferdinand abdiquait un programme qui venait d'être condamné par les faits. Dieu me garde de donner la préférence à ce que nous avons vu ensuite. On a pu se convaincre qu'une Monarchie pouvait devenir libérale, et marcher rapidement vers son amoindrissement d'influence extérieure et de territoire. Mais enfin l'Empe-

(1) Les prétentions vaines sont l'obligation imposée par le Roi d'accepter le principe et le drapeau du principe. On considère la personne, on ne s'attache pas à ce qu'elle représente. Où est alors le respect du principe ?

reur abdiquait au lendemain d'une catastrophe que plusieurs pouvaient imputer au régime qui l'avait précédée.

Charles-Emmanuel de Savoie se trouvait en face de difficultés insurmontables créées moins par sa défiance des constitutions que par les victoires du général dont on a dit : qu'il avait la force d'un boulet de canon. Chassé de ses États de terre ferme par l'invasion française, en butte, dans l'île de Sardaigne à une insurrection contre-coup de ses revers sur le continent, il était tout naturel qu'il espérât de plus heureux destins, et surtout des destins plus faciles pour un successeur n'étant encore amoindri par aucune défaite. Est-ce le même cas qui se présente pour le Roi? Où sont les bouleversements qu'a amenés la politique intérieure et extérieure préconisée par ses amis ? Où sont, surtout, les provinces que cette politique a perdues? Toutes nos révolutions étant dues au triomphe de la souveraineté nationale qu'il repousse, et notre démembrement territorial ainsi que notre effacement extérieur datant d'une ligne de conduite qu'il a toujours condamnée, parce qu'elle heurte autant les traditions de sa race que ses préférences personnelles, il est du plus vulgaire bon sens qu'il ne renonce pas à des idées témoins de succès aussi merveilleux que les fantaisies qui suivirent ont connu de désastres. Pour que l'exemple de Ferdinand d'Autriche et de Charles-Emmanuel de Savoie influât sur la conduite de Henri de France, il faudrait que les théories et préférences de ce dernier, qui ne sont autres que les théories et préférences des siècles, eussent reçu des faits un démenti pareil à celui que reçurent l'Empereur d'Autriche et le Roi de Sardaigne. Or, c'est précisément tout le contraire que nous voyons.

Tout ce que le Roi déteste et repousse a échoué. Tout ce qu'il aime et préconise (1) a réussi. Pourquoi, comment changer sa ligne de conduite ? ?...

(1) Ici, comme la malveillance serait tentée de le faire croire, il n'est nullement question d'un retour en arrière. Le caractère de la Royauté fut d'être toujours un mélange du respect de la tradition avec la suprématie de l'hérédité et d'amour du progrès avec une transformation perpétuelle en rapport avec les circonstances.

§ 3.

L'ERREUR MORALE.

Hélas ! je crains bien que ce ne soit le cas de l'auteur, dont l'erreur cette fois ne sera ni compréhensible ni morale !

Il veut que la promesse du Roi de ne pas abdiquer et, surtout, le fait de tenir cette promesse, soit le comble de toutes les injustices.

Et, pourtant, n'était-il pas juste, n'était-il pas nécessaire que le Roi répondît aux rumeurs répandues par ses ennemis sur son abdication ? N'était-il pas opportun qu'en face de manœuvres coupables, il les déjouât par une déclaration catégorique, et raffermît ainsi les timides qu'on cherchait à séduire ! ! !.....

« Je n'abdiquerai jamais », c'est-à-dire ce respect des traditions nationales qu'on voudrait mettre de côté, ce culte de tout ce qui a fait la France dont on voudrait se débarrasser, cette dernière ancre de salut avec laquelle on voudrait en finir, non je ne les abandonnerai pas. Je ne livrerai pas le dernier refuge qui reste contre la Révolution. Après qu'elle a tout vaincu, tout supprimé, je ne me laisserai pas vaincre et supprimer moi-même.

« Toutes les espérances fondées sur l'oubli de mes devoirs sont vaines. »

« Je n'abdiquerai jamais. »

C'est ainsi que le Roi répond aux paroles par lesquelles on essayait de torturer et de dénaturer les siennes.

Cette noble fermeté ne demeure pas sans résultat, et l'on peut dire que le 5 août 1873, où Monseigneur le Comte de Paris salua son cousin dans des conditions de respect absolu pour la tradition monarchique (1), fut en partie son œuvre. Mais si les princes ont compris leur intérêt, voilà ce qu'il ne faut pas se lasser de répéter à leurs partisans. Le Roi ne pouvait arriver seul, les princes ne pouvaient arriver seuls. Aussi, les princes ont-ils fait la fusion. Vous autres, partisans des princes, vous avez voulu arriver seuls, en repoussant la Monarchie. Les partisans du Roi ont été contraints de répondre à cette exclusion en repoussant l'œuvre orléaniste : le septennat, la république.

Pourquoi s'attarder, après cela, en des récriminations stériles, et revenir sur ce que nous avons longuement, je ne dirai pas expliqué, (il n'était nul besoin d'explication), mais tiré de la nuit où l'avait placé l'auteur des soi-disant *Responsabilités*; sur la déclaration du 25 février 1872; sur l'appel adressé, on n'a jamais compris pourquoi, par un illustre évêque en faveur du drapeau de la Révolution; sur les conférences de Salzbourg, nouvelle preuve de la loyauté et de la fermeté inébranlable du Roi; sur la lettre du 27 octobre motivée par les prétentions insoutenables du Centre Droit, demandant une royauté contractuelle à la Royauté héréditaire et le drapeau moderne insurrectionnel au roi du vieux drapeau national; sur la panique du 20 novembre où les politiques donnèrent si bien le change aux royalistes; sur les quinze mois d'anxiété où le parti qui en était resté en 1830 essaya de le reconstituer, autant que cela était possible sans suffrage restreint et sans princes;

(1) M. le Comte H. de Vanssay demanda, au nom du Roi, à Monseigneur le Comte de Paris qu'aucune question politique ne fût touchée. Monseigneur le Comte de Paris répondit que cette réserve était tout à fait conforme à ses propres sentiments, et qu'il ne venait point traiter des questions dont la solution appartenait à la France. (*Vie de Henri V*, par Alex. de Saint-Albin.)

sur la République conduisant si infailliblement à la démagogie et à l'Empire qu'il y a lieu de se demander, si les doctrinaires ont plié leurs doctrines au césarisme, ou s'ils se résignent à la démagogie plutôt qu'à la Royauté légitime (1)? Pourquoi rappeler tant de misères éclairées désormais par une lumière capable d'ouvrir les yeux aux plus aveugles. Deux faits ne dominent-ils pas le débat, et ne rendent-ils pas superflu tout commentaire : la nécessité, s'il y a encore une abnégation et un amour de la Patrie, s'il y a encore un respect et une obéissance, la nécessité, pour les partisans des princes, de les suivre et de mettre ainsi fin à une alternative, inévitable autrement, de dictatures de César et de dictatures de peuple.

On parle d'un droit qui était reconnu en le dégageant de « certaines prétentions. » C'est conditions qu'il faut lire. Or, les conditions (2) n'étaient pas, à proprement parler, posées par le Roi qui ne demandait qu'à être reconnu purement et simplement, mais par l'Assemblée qui ne consentait à le reconnaître que, moyennant certaines restrictions. Prenez garde, d'ailleurs, qu'en dégageant le Droit de ces « certaines prétentions, » il ne cesse d'être le Droit, et ne devienne la subordination à une force qui n'est rien moins que le Droit, mais la violence, mais l'usurpation, mais la Révolution.

« Monseigneur, dites-vous, ne se sert de son droit que pour imposer ses prétentions ! » — Pardon ! il ne se sert de ses prétentions que pour conserver son Droit.

Vous ajoutez « : Le Droit de Monseigneur ne lui sert à empêcher ni la République ni l'Empire. » — Est-ce vous par hasard qui les empêchez, vous qui les votez (3). La

(1) Le Centre Droit a voté la République. Parrain de la cause, qu'il ne renie par les effets.

(2) Nous avons vu que, si le Roi en posait une, il n'en posait qu'une seule. Il serait plus juste de dire que, le drapeau blanc étant le drapeau actuel de l'hérédité, la reconnaissance sincère du principe impliquait la reconnaissance du drapeau qui le représente.

(3) Le Centre Droit n'a, il est vrai, voté que la République, mais ce vote n'équivaut-il pas à celui de l'Empire ?

seule manière de ne rien craindre d'eux était d'occuper la place avec la Monarchie. Monseigneur rendrait nuisible son droit! — Sans doute en le mettant au service de la France. — Il l'emploierait contre la restauration de la Monarchie constitutionnelle sous la maison de Bourbon? — Assurément, il n'aspire qu'à régner constitutionnellement, à la tête de cette même maison de Bourbon.

Le Roi est-il dans la même situation que Charles X et le Dauphin abdiquant le 2 août 1830? S'il n'a pas été, comme eux, chassé par l'émeute, doit-il chercher à se rapprocher d'eux sous ce dernier rapport, et se condamner à un sort semblable au leur, en mettant la suprématie des Assemblées au-dessus de la suprématie royale! Il serait ridicule de soutenir que Charles X, abdiquant au profit d'un enfant âgé de dix ans, lui confia la défense de sa prérogative. Mais si une contemplation assidue de l'histoire a appris au Roi à se méfier des Assemblées qui ne se tinrent pour satisfaites que quand le trône de son aïeul fut à bas, quoi de surprenant dans cette méfiance!!!... Le Roi, d'ailleurs, a-t-il la même cause à défendre que Charles X? — S'il s'agit de la cause de l'hérédité, du maintien du pouvoir héréditaire comme pouvoir dirigeant? Sans aucun doute : mais s'il s'agit des rêves de l'émigration, des idées de l'ancien régime, outre les programmes différents qu'il tient de la date de sa naissance, et d'une profonde étude des hommes et des choses de ce temps, quel prince appartient plus par ses manifestes, par ses idées au nouveau régime, est plus convaincu de la nécessité du maintien des transformations politiques et sociales que le Roi? Un député siégeant au Centre Gauche avait déjà découvert la jolie phrase : que « le Roi ne veut ni abdiquer ni régner. » Nous atteignons au chef-d'œuvre du genre avec le parallèle de Henri V et de Louis XV.

Ils sont comparables, en effet, mais de cette seule façon que tout le mal fait par l'un, l'autre veut le réparer. Qu'on réfléchisse un instant, on verra que la profonde sagesse du Roi a pénétré jusqu'aux sources du mal, et que, pour nous en débarrasser, il s'est imposé, comme mission toute particulière, de réagir par sa conduite et son attitude contre les torts et les crimes des âges précédents, surtout, ceux du XVIIIe siècle, cause immédiate et point de départ de tous nos malheurs. La réaction complète contre l'œuvre des philosophes et de ceux qui appliquèrent leurs doctrines; contre cette œuvre de mensonge, de démolition et d'anarchie dans les esprits aboutissant à un pêle-mêle épouvantable dans le monde des faits, tel est l'objet de la noble et patriotique ambition de Henri de France. Tout l'inverse de Louis XV, voilà ce qu'est Henri.

Le Roi a-t-il besoin de modèles politiques. Il les cherchera près de lui, dans la période la plus féconde et la plus heureuse du siècle, auprès de son grand oncle Louis XVIII, et de son aïeul Charles X qu'il se contentera de mettre d'accord avec les changements perpétuels des peuples, et des besoins qui se renouvellent sans cesse. Roi d'abord, puis roi moderne, c'est-à-dire roi constitutionnel, c'est ainsi que je me figure la règle de conduite de Henri de France. Aussi, que veut dire ce gentilhomme, lorsqu'il nous répète que ses amis tendaient vers la Monarchie des mains suppliantes, et que la Monarchie n'a pas daigné venir, s'obstinant aux idées et au drapeau d'avant 89? S'il y a des ennemis du progrès je les vois partout, excepté dans le camp du Roi. C'est vraiment de Lui qu'on doit répéter, jusqu'à ce qu'enfin on le comprenne, qu'il est, avant tout, de son époque. Mais on lui demandait d'en partager le mal qui la ronge, on lui demandait d'être de la Révolution.

Si ses ennemis, plutôt que de prendre un régime qui a fait la France, et offre une garantie nouvelle dans l'homme supérieur et profondément honnête qui le représente, ont préféré courir les aventures et les aventuriers, à qui la faute? Ils ont sacrifié le Roi à l'amour de la Révolution, et maintenant ils se plaignent (1) des menaces de la

(1) Le gentilhomme se plaint que le Roi ait forcé les monarchistes à organiser la République.

Révolution, ils se plaignent de leur organisation de République. Si, comme Saturne dévorait ses enfants, la Révolution les dévore, qui donc les plaindra ? la Révolution seule.

Il va de soi, que, s'ils ne faisaient pas la Monarchie, ils faisaient la République et l'Empire. Le roi n'avait nul besoin de les enfermer entre ces deux régimes et la Monarchie. On pouvait savoir d'avance que si cette Monarchie était la véritable, ils la déserteraient. Avant tout, ils exigeaient le maintien du désordre politique, marchepied commode pour l'ambition. Qu'ils applaudissent. Ils ont la Révolution.

Ce n'est pas parce qu'il a le principe que le Roi ne s'est pas trompé, comme le gentilhomme le suppose pour avoir ensuite le plaisir et la gloire de se réfuter, c'est parce qu'il a repoussé énergiquement tout ce qui annihilait son principe. Il aura été l'un des plus fermes et des plus clairvoyants adversaires de la Révolution.

Sans doute, le besoin de contrôle est né du spectacle des fautes de rois trop absolus. Mais le besoin de l'autorité est né du spectacle du désordre des peuples, et des malheurs sans fin où il les plonge. Il y a quelque chose de pire que le bon plaisir des rois et l'arbitraire ministériel, c'est le bon plaisir des masses et l'arbitraire révolutionnaire.

C'est pour éviter l'un et l'autre, l'arbitraire ministériel et l'arbitraire mille fois plus dangereux du désordre, que le Roi a voulu être roi de constitution et d'hérédité, mais jamais roi conditionnel. Il sait, par Louis-Philippe, où mène la royauté contractuelle aujourd'hui paralysée par les passions, demain renversée par elles. Le véritable Roi pouvait-il s'arranger du rôle de jouet des factions, rôle approprié au roi insurrectionnel.

J'aime beaucoup ces plaintes qu'on accorde au Roi, parce qu'il est demeuré inattaquable, parce qu'à l'amour du progrès il a joint la connaissance de ce qui ne doit jamais varier, et l'énergie suffisante pour accorder sa conduite avec ses doctrines. Malheureux, ne plaignez pas le Roi de ses quarante-cinq ans d'exil, mais plaignez la France, plaigneznous surtout de ne pas nous être relevés avec Lui et par Lui !! . . . .

S'imagine-t-on ce Roi préférant aux délices des palais, à l'opulence d'une grosse liste civile, aux hommages des princes et aux flatteries des courtisans, quoi ? un rôle méconnu et solitaire, un asile de travail et de méditation d'où il instruise les peuples en attendant que les peuples détrompés viennent à lui. Spectacle inouï et dont, depuis un siècle de révolutions, nous avait désaccoutumés la politique en proie à toutes les ambitions, à toutes les audaces, quand ce n'est pas à toutes les malhonnêtetés.

L'ignorance désormais est sans excuse. Ce qui restait des voiles épaissis par le Centre Droit est tombé devant les déclarations d'un vétéran de la Droite (1).

On peut dire des intrigues qui se sont adressées à la Monarchie que jusqu'ici on n'a voulu du Roi que pour n'en pas vouloir.

On en voulait à la condition qu'il renonçât à l'autorité traditionnelle de ses aïeux, au pouvoir à l'aide duquel ils ont tenu tête à l'anarchie plusieurs centaines de siècles. On en voulait aussi à la condition qu'il renonçât à l'emblème, dans les temps modernes, de l'hérédité et de la nation unie à l'hérédité, afin que, dès le début, il fût restreint, diminué, l'ombre de lui-même, une espèce de fantôme légitime par sa naissance, bâtard par le système qui lui serait imposé.

De pareilles conditions étaient-elles je ne dirai pas acceptables mais sérieusement offertes ! ! !

S'il vous reste quelque pudeur, grands politiques d'intrigues et de parlements, ne dites pas que le Roi n'a pas consenti à accepter, dites que c'est vous-mêmes qui n'avez pas voulu qu'il acceptât.

Cet ordre, cette régularité, cette économie dans les finances aboutissant presque à l'absence de dettes (2); ces

(1) M. de la Rochette, qui a adressé à M. Callet une série de lettres victorieuses.

(2) Jamais les finances ne furent aussi prospères que sous la Restauration, qui avait eu pourtant à payer les folies de la République et de l'Empire.

armées si sagement conduites et si habilement appuyées par une diplomatie digne de ce nom, ces guerres à la fois glorieuses et utiles ne laissant ni oublier la France, ni prescrire la gloire inséparable de son union sous la famille de ses rois, cette situation extérieure qui nous mettait à la tête de l'Europe, et allait porter nos frontières à leur dernière limite naturelle vers l'Est (1); ce couronnement de la politique la plus glorieuse de l'Europe moderne, d'une politique admirable parce qu'elle était sage et progressive, et par les étapes glorieuses de Câteau-Cambrésis, de Westphalie, de Nimègue et de Versailles en 1783 aboutissait, malgré des revers passagers, au rêve et à l'épanouissement de la France; voilà ce que, Messieurs les libéraux, vous n'aurez jamais retrouvé depuis la chute de la Restauration, voilà ce dont vous vous éloignez chaque jour davantage.

Je sais quc, depuis le 25 Février de cette année, vous vous êtes enrichis d'une nouvelle constitution. Mais si, par suite d'une des complications qui nous entourent et en grande partie, sont votre œuvre, un événement que je ne puis préciser déroutait vos desseins, au-dessus de tous ces essais de gouvernements plus éphémères, plus irrationnels les uns que les autres, d'une ridicule impuissance quand ils s'efforcent d'être honnêtes, plus dangereux encore quand ils sont arbitraires et foulent aux pieds l'honnêteté, au-dessus de tous ces pouvoirs de décadence et de ruine rapide, songez que, sous l'égide d'un des princes les plus magnanimes, les plus généreux, les plus éclairés de l'Europe, il y a la Royauté historique, traditionnelle et séculaire.

(1) La Restauration allait donner le Rhin à la France, de même qu'elle venait de lui conquérir Alger lorsqu'elle fut chassée par les libéraux du temps.

CONCLUSION GÉNÉRALE

L'usage qu'on fait des idées du Roi est l'une des plus misérables querelles qui se puisse imaginer. Je suppose que, par un décret de la Providence, Monseigneur le comte de Paris devienne le représentant du principe. Immédiatement tous ceux qui se piquent de reconnaître l'hérédité traditionnelle et de lui subordonner toute préférence, tout autre système politique, acclameront le nouveau souverain. Épouseront-ils pour cela ses idées, si tant est qu'il ait alors des idées différentes des leurs. Ils seront contraints d'adopter le principe et sa personnification vivante. Ils ne se regarderont nullement comme tenus et ne le seront pas, en effet, d'épouser des doctrines qui leur paraissent peu compatibles avec la stabilité du gouvernement en France. Et vous, illustres parlementaires, vous qui avez sans doute le monopole de la sagesse, de la modération et de l'esprit politique, puisque vous ne cessez de le répéter, vous laisserez-vous vaincre en sagesse, modération et esprit politique par ces pauvres *ultras* à qui vous prêtez aussi volontiers toutes les folies et toutes les fureurs que vous vous affublez avec complaisance des vertus contraires. Vous avez une merveilleuse occasion de nous prouver que l'orgueil de la sagesse n'est pas avec vous et sa réalité avec eux. Des royalistes de Droite, des royalistes de Gauche, voilà ce qu'il devrait y avoir désormais parmi les partisans du Roi et des Princes.

Si, au contraire, la fusion continue à être un fait stérile, incomplet, où les généraux des deux armées s'entendent sans que les soldats suivent, voilà ce que, sans aucune espèce de prétention au don de prophétie politique, je crois pouvoir avancer.

La France destinée à descendre encore plus bas avec les divers modes de souveraineté populaire ne se relèvera que par le retour à la reconnaissance de l'antique suprématie d'hérédité, s'exerçant non pas avec l'arbitraire des dictatures démocratiques et des dictatures césariennes, mais selon des lois fondamentales, mais selon une charte librement consentie entre la Nation et le Roi, charte qu'ombragera le vieux drapeau national, celui de notre influence extérieure et de notre agrandissement progressif de territoire (1).

N'oublions pas surtout, n'oublions jamais qu'à notre époque de décadence et d'abaissements universels, il y a eu une parole de génie et de divination politiques prononcée, (si tant est que nous devions nous rétablir), et que cette parole nous est venue de l'exil: « Jamais, a dit le petit-fils de saint Louis, de Henri IV et de Louis XIV, je ne serai le Roi légitime de la Révolution. »

(1) Le drapeau blanc (qui est le drapeau du traité de Westphalie, traité nous ayant mis à la tête de l'Europe comme le drapeau tricolore est le drapeau du traité de Francfort, traité nous ayant relégués au second rang) nous mène sous Louis XIV à la conquête de la Franche-Comté, de l'Alsace et de la Flandre, sous Louis XV abrite notre extension territoriale de la Lorraine et de la Corse et allait nous donner le Rhin en 1830, si la Révolution n'eût éclaté. Sans notre décomposition politique, œuvre des théories stupides qui nous travaillent depuis un siècle, il est certain que la formation définitive du territoire national serait un fait accompli, la France posséderait ses frontières naturelles. Aujourd'hui, elle n'en a plus, en attendant qu'elle disparaisse.

Je parle naturellement des conquêtes durables. Si l'on opposait aux succès solides du drapeau blanc cette suite de triomphes du conquérant qui passa comme un météore, je demanderai humblement ce qui nous est resté du génie militaire de Napoléon Ier : la perte de Landau, Sarrelouis, Philippeville, Marienbourg, c'est-à-dire des villes placées en Allemagne comme autant de sentinelles avancées par le génie de la Monarchie. Le démembrement commencé en 1815 continue en 1871. Où s'arrêtera-t-il ?...

Il y a eu progrès. D'abord on (1) ne voulait du Roi à aucun prix : ensuite on n'en voulut qu'avec les programmes et l'emblème de 1830, c'est-à-dire de la révolte. Quand on comprendra que ce n'est pas trop de toute la force du principe pour nous sauver, le salut sera proche, et l'astre de la France remontera vers l'horizon.

Je ne sais plus quel publiciste écrivait : « Que le débat était actuellement posé entre l'hérédité et la souveraineté populaire. » Si celle-ci peut marcher, qu'on ne parle plus de l'hérédité; elle a été. Mais si la souveraineté populaire mène de catastrophes en catastrophes, qu'on la juge enfin par ses fruits, et que le principe contraire, l'hérédité triomphe.

Ceux qui ont fait de cette souveraineté populaire leur propriété, leur raison d'être, l'instrument de leurs succès et de leur suprématie, brûleront-ils ce qu'ils ont adoré et adoreront-ils ce qu'ils ont brûlé ; espérance bien difficile à garder au milieu des erreurs de doctrines et de conduite politiques par lesquelles ils se signalent chaque jour davantage. Il est plus vraisemblable de croire que la résurrection de la France accompagnera leur défaite volontaire, et que, lorsque la nécessité nous aura rendu le Roi, il ne restera de leurs personnalités et de leurs œuvres que le néant démontré à tous des rêves les plus malsains, et le pardon royal dont ils maudiront la protection généreuse.

(1) On, tout ce qui est orléaniste, parlementaire, doctrinaire.

BIBLIOTHÈQUE NATIONALE R.F. IMPRIMÉS

IMPRIMERIE DE E. DONNAUD, RUE CASSETTE, 9.

www.ingramcontent.com/pod-product-compliance
Ingram Content Group UK Ltd.
Pitfield, Milton Keynes, MK11 3LW, UK
UKHW031909260826
14628UKWH00003B/1077

9 782329 134161